KB177461

감성충전 행복테라피

아버지 사랑은 택배로 옵니다

감성충전 행복테라피

아버지 사랑은 택배로 옵니다

김윤숙 지음

모아북스
MOABOOKS

들어가는 글

어디서부터 행복일까?

친절하게도 해마다 빠짐없이 세계 각 나라의 행복지수가 발표됩니다. 우리가 사는 나라 대한민국의 행복지수 순위는 세계 10위권의 경제 대국이라는 이름이 부끄럽게도 항상 밑바닥을 맴돕니다. 오히려 빈국(貧國)으로 알려진 나라의 행복지수가 상상 외로 높은 것을 보고 놀라기도 합니다. 꾸준히 상위 자리를 지키는 몇몇 나라는 부러움의 대상입니다.

어린아이부터 노년층까지 힘들다고 호소합니다. 잘살아 보자고 노래하며 부지런히 뛴 결과 정말로 잘살게 되었는데, 허리띠를 졸라매고 뛸 때보다 덜 행복한 것 같습니다. 물질은 풍요로워졌지만 감사는 궁핍해졌습니다. 만족을 허락하지 않는 물질의 권력은 행복을 가두어 놓습니다. 엄마의 화장품 뚜껑으로 소꿉놀이하던 그 시절의 우리 세대는 행복했지만 근사한 주방 세트 장난감을 가진 지금 아이들은 행복하지 않은 것 같습니다. 경제력과 행복도가 어느 정도 비례하는 것은 맞지만 아주 결정적인 조건은 아니라는 걸, 나이에 숫자를 더해 가며 알게 되었습니다.

행복과 불행은 전염성이 있어서 누군가의 행복은 주변에 행복을 가져다줍니다. 그 전염성이 가정과 나라라는 공동체의 운명을 좌우하기도 하지요. 또한 엄청나게 행복한 사건 한 번보다 소소한 일상의 행복이 행복도를 높여 준다는 행복학자(?)들의 말에 공감합니다. 일주일에 한 번 산해진미로 배를 채우는 것보다 매일의 규칙적이고 소박한 식단이 더 건강을 챙겨 주는 것처럼 행복의 모습도 그렇답니다. 감사, 미소, 격려, 화해, 추억, 배려, 공감, 지혜, 용서, 도전, 성실, 땀 등의 단어 뒤에 숨은 행복이 얼마나 예쁜지도 느껴 봅니다.

이 책은, 서랍을 정리하다가 우연히 잃어버렸던 물건을 찾아낸 흐뭇함처럼 여러분에게 행복의 조각 맞추기가 되었으면 좋겠습니다. 우리는 다른 사람이 어떻게 봐 주느냐에 따라 행복을 결정하는 습성이 있습니다. 모두가 부러워할 만한 비범한 행복을 찾느라 놓쳐 버린 평범한 행복을 소중히 여기시길 바랍니다. 제가 보여 드리는 작은 글들이, 속도전을 치르듯 살아 내는 일상에 잠시 쉼표를 만들어 주고 힘을 준다면 저 또한 더없이 행복하겠습니다.

김 윤 숙

차 례

Part 2

'화성과 금성에서 온 사람들'

Part 3

행복을 부탁해

Part 4

세상사 마음먹은 대로 될까마는

Part **5**

너의 꿈을 펼쳐 봐

Part 6

저 멀리 무지개를 찾아

Part 1

이 세상 가장 따뜻한 단어… 가족

01

흥부의 **직업**

강의 때문에 지방에 내려갔다가 오랜만에 친정집에 들렀더니 아버지가 누워 계셨습니다. 얼마 전부터 전립선에 이상이 생겨 몸이 불편하셨다고 하네요. 좀처럼 눕지 않으시는 분이라서 걱정이 더 커집니다. 병원에 입원하시라고 했더니 "나는 괜찮다" 한마디 하시고 쌀은 남았느냐, 고구마 더 싸주랴 하시며 광을 뒤지십니다. 오래전부터 불편하셨을 텐데 가을걷이며 자식들 김장까지 다 마치시고 우리에겐 내색을 안 하신 모양입니다.

아버지의 누워 계신 모습이 어찌 그리 작아 보이는지…. 〈가시고기〉 이야기 속의 아버지가 생각나 가슴이 아려 왔습니다. 남자보다 아버지라는 이름과 책임으로 사셨던 육십년 세월을, 아버지의 몸으로 보여 주십니다. 그렇게 아버지의 몸은 오남매의 양식이 되었고, 옷이 되었고, 꿈이 되었습니다. 아버지의 '나는 괜찮다' 는 말은 새빨간 거짓말입니다. 그러면서도 아버지의 진심입니다.

홍부전에 나오는 홍부의 직업을 아시나요? 제비 다리를 고쳐줬다고 '수의사' 라고 하는 우스갯소리도 있습니다만, 그 시대의 형벌이었던 '태형' 을 대신 맞아 주는 '매품팔이' 였습니다. "매품 팔아 삼십 냥을 벌어 열 냥으로 양식을 사고, 닷 냥으로 반찬을 사고, 닷 냥으로 땔감을 사고, 나머지 열 냥은 매 맞은 몸 추스르는 데 써야지..." 라는 구절이 홍부전에 나옵니다. 굶주린 자식들을 위해 기꺼이 매를 맞는 아버지. 감히 누가 능력 없는 아버지라 하겠습니까.

작가 이경림의 〈아버지들〉이라는 글을 소개합니다.

아버지가 돌아가시자 여기저기서 아버지의 문상객들이 몰려들었다. 그들은 아버지의 영정 앞에서 참담하게 울었다. …한 때 그들은 병원장이었고 교수였고 선생님이었고 사장이었고 좌경분자였고 요주의 인물이었고 사기꾼이었지만 지금은 다만 아버지들이었다. 그들은 하나같이 등이 휘었다. 슬픔처럼.

어쩌면 세상의 모든 아버지들도 홍부처럼 매품을 파는지 모릅니다. 자식들을 위해, 가정을 위해, 아픈 매도 기꺼이 견디는 아버지들… 그 '매품팔이' 마저도 없어질까 살얼음을 걷는 조심스러움으로, 긴 시간을 견딘 아버지들에게 경의를 표합니다. 또한 아버지의 "나는 괜찮다"가 얼마나 힘이 되었는지를 고백합니다. 한편으로, 그 말 때문에 못된 자식 될까 봐 두렵기도 합니다.

아버지, 사랑합니다! 고맙습니다!

02

아버지 사랑은 **택배로 옵니다**

'디잉~동!' 우리 집 초인종 소리입니다. 십년쯤 전부터 현관문에 번호키를 설치한 뒤로 식구들은 초인종을 누를 필요가 없으니, 십중팔구는 택배 도착 소식입니다. 쇼핑을 인터넷 으로 해결하는 딸에게 온 택배거나, 내가 주문한 책, 아니면 시골 아버지가 보내 주신 커다란 상자가 대부분입니다. 규격화된 예쁜 상자로 오는 것들과는 달리 아버지의 택배는 투박하고, 나 혼자서는 들 수 없을 만큼 무겁습니다. 그 무게가 미안해서 택배 기사에게 감사하다는 인사 소리가 저절로 커집니다.

아버지가 보낸 상자를 열어 보면 친정집 앞마당이 보지 않고도 눈에 훤합니다. 늙은 오이, 가지, 풋고추, 토마토, 상추, 부추

들이 다투며 자라고 있을 겁니다. 택배비 정도면 마트에서 충분히 사 먹을 수 있으니 보내시지 말라는 내게, 거기서 파는 것하고는 다르다며 '앞마당 농산물'을 끊임없이 보내 주십니다. 하긴, 농약은 커녕 농약 냄새도 못 맡게 아버지가 지키고 키우신 것을 값으로 따지는 건 좀 그렇습니다. 그렇게, 아버지의 사랑은 택배로 옵니다.

아버지는 정말 말이 없으신 분입니다. 꼭 필요한 일상 언어 말고는 아버지 목소리도 듣기 힘든 어린 시절이었습니다. 그런 아버지가 마술에 걸린 듯 변하시는 때가 있었습니다. 술을 좀 드시고 들어오시는 날이면, 손에 간식거리를 들고 오남매를 불러 앉히십니다. 조용하던 아버지는 간데없고, 재미있는 아버지의 얘기는 간식보다 더 우리를 웃게 해 주었습니다. 없는 살림에 술값 낭비한다고 핀잔하시는 엄마와 달리, 나는 은근히 아버지의 술 드시는 날을 기다리곤 했습니다. 요즘 매스컴에 자주 등장하는 주폭(酒暴)의 모습을 보며 아버지의 유쾌한 주도(酒道)에 감사할 따름입니다.

질병관리본부의 보고서에 따르면, 우리나라 음주자 열 명 중

세 명은 일주일에 한 번 이상 폭음을 한다고 합니다. 수치로는 WHO 통계의 세 배 수준이랍니다. 위험하게도, 운전자 다섯 명 중 한 명이 음주운전 경험이 있다고 밝혔습니다. 모 정당의 수석 전문위원은 술에 만취해 경찰에게 행패를 부리고, 탈북자에게 막말을 했던 국회의원은 술김에 그랬다는 변명으로 명예가 추락했습니다. 여기저기서 '술 때문에' 라는 핑계로 좋지 못한 일들이 일어나고 있습니다. '신비의 묘약' 이라 불리며 사랑받던 술, 절제와 도가 없는 음주는 취하기보다 추하게 될 수도 있습니다. 〈개인의 즐거움〉을 벗어나 〈사회의 악〉이 될 위험성도 크지요. 그렇다고 술 마시는 자격증을 발행할 수도 없는 노릇입니다. 술의 순기능보다 역기능이 커지지 않기를 바랍니다.

앞으로도 계속 인간의 '희로애락' 과 함께해야 할 술이라면 지켜 줘야 합니다. '주격(酒格)' 과 '인격(人格)' 이 그리 멀지 않은 관계니까요.

지금도 아주 가끔은 아버지의 '주설(酒說)' 과 손에 들려 있던 주전부리가 그립습니다.

03

"돈 쓰지 **마라**"

"엄마, 저예요!"

"잉~ 그래, 잘 있었냐?"

"네."

"어째 목소리가 안 좋다. 어디 아프냐?"

한껏 목소리를 밝게 가다듬고 "아~뇨!" 해 봅니다.

"일이 잘 안 되는 모양이네. 그렇다고 너무 속 끓이지 말어! 살다 보면 좋을 때도 있고 나쁠 때도 있는 거지. 코 빼고 댕기지 마! 너 좋아하는 나박김치 좀 담가 주랴?"

며칠 전, 친정엄마께 안부전화를 드린 게 오히려 제가 안부전화를 받은 듯합니다. 엄마는 제 목소리만 듣고도 복잡한 심정을 다 꿰시는 게, 잘 속일 수가 없습니다. 자동차로 세 시간을 달릴 거리만큼 떨어져 있는데도 엄마의 촉수는 항상 이쪽에 와 있나 봅니다.

젊어서는 월남치마 두 벌로 사계절을 나신 알뜰한 엄마. 자식들이 좋아하는 음식을 기억하고 지금도 그걸 제일 잘 만드시는 엄마.

겉으로는 속 끓이지 말라고 자식을 위로하시면서, 속으로는 자식보다 더 속 끓이시는 엄마. 한 번도 엄마를 위해 뭘 갖고 싶으신 게 없으셨던 엄마.

용돈 한 번 드리면 미안해서 어쩔 줄 모르시는 엄마. 손 한번 잡아 드리면 세상을 다 가진 듯 행복해하시는 엄마...

그런 엄마에게, 아주 오랜만에 편지를 써 봅니다. 눈이 잘 안 보이시니 굵은 사인펜으로 적어 내려갑니다.

엄마~ 자식들 공부 잘하는 게 그렇게 큰 기쁨인 줄 알았다면, 어렸을 때 공부 더 열심히 할 걸 그랬어요. 자식들 웃는 모습이 그렇게 보기 좋은 줄 알았다면, 더 많이 웃어 보일 걸 그랬어요. 자식들 싸우는 모습이 세상에서 제일 보기 싫은 모습인 줄 알았다면, 언니 오빠하고 싸우지 말 걸 그랬어요. 엄마~ 그래서 많이 죄송합니다! 그리고 많이많이 사랑합니다! 건강하게 제 곁에 오래오래 계셔 주세요!

약국에 들러 영양제 한 통을 샀습니다. 편지와 함께 택배를 보내려 우체국으로 향하면서, 선물을 받고 좋아하실 엄마를 생각하니 너무나 흐뭇합니다. 분명히 엄마는 괜한 돈 썼다며 다음부턴 그러지 말라고 하실 겁니다. 그러면서도 아껴 드실 영양제가 엄마에게 힘이 되길 간절히 바라 봅니다. 어쩜, 사인펜으로 꾹꾹 눌러 쓴 딸의 편지에 더 힘이 나실지도 모르지요.

"편지 잘 받았다! 영양제는 뭐 하러 샀냐? 돈 쓸 일도 많은디~. 담부턴 돈 쓰지 마라!"

역시나 엄마의 전화를 받고, 내 족집게 실력도 엄마 못지않음에 웃어 봅니다.

“그리고, 죄송하긴 뭐가 죄송하냐! 너는 니가 할 효도 다했다. 그런 생각 말어!”

에구, 코끝이 찡해 옵니다. 엄마 손은 약손이라는데 엄마 말은 효과 좋은 영양제보다 낫습니다. 저는 엄마 같은 엄마 되려면 아직 멀었습니다. 멀어도 너~무 멀었습니다.

04

36.5℃로
안아 주세요

에엥~ "국민 여러분 실제 상황입니다. 경계경보! 실제 상황입니다!" 점점 더 위급하게 들려오는 방송. 불안하게 웅성거리는 사람들. 정규 시간보다 일찍 끝나 버린 학교.

저의 학창시절이었던 80년대 초, 유난히 우리나라에 귀순 사건과 격추 사고, 피랍 사고가 많았었습니다. 어린마음에, 놀라 집으로 가는 발걸음이 무척이나 허둥거려 집까지의 거리가 너무나 멀게 느껴졌던 기억이 납니다. 항상 같이 다니던 짝을 챙길 여유도 없이 집으로 달려갑니다.

말로만 들었던 전쟁의 무서움이 곧 들이닥칠 것 같아 벌벌 떨었습니다. 오직 집으로 달려가는 것밖에는 할 수 있는 일이 없었습니다. 머릿속은 가족과 함께 있어야 한다는 생각뿐이었지요. 비록 곧바로 경계가 풀려 평범한 일상으로 돌아가곤 했지만, 또 다시 그런 일이 생겨도 가족을 제일 먼저 떠올릴 겁니다. 평상시에는 못마땅해하며 지지고 볶아도 위급할 때 가장 먼저 찾게 되는 게 가족입니다.

모 신문사에서 19세 이상 성인에게 행복하냐고 물어봤더니, 응답자의 33퍼센트만이 행복하다고 답했다 합니다. 행복하다고 답한 33퍼센트의 사람들 중 70퍼센트는 가족을 통해 행복을 느낀다고 답했고요. 가족 때문에 행복하기도 하지만 반면에 많은 불행의 원인도 가족으로부터 나오기도 합니다. 너무 가까운 사이이기에 갈등도 많고, 상처도 쉽게 받나 봅니다. 행 · 불행의 근원지인 가정, 그래서 그 어떤 공동체보다도 중요합니다.

발표에 의하면, 흉악범죄의 가해자 상당수가 어린 시절 폭력적이거나 뒤틀린 가정 분위기 속에서 자란 것을 볼 수 있습니다. 가정에서 받은 영향은 분명 한 사람의 인생을 좌우합니다. 힘들고, 괴롭고, 위급할 때 도움을 받고 의지해야 할 가족의 역할이 무너졌을 때 가정의 상처가 구성원의 상처로 남게 됩니다.

다는 아니지만, 가정의 무너짐은 개인의 무너짐으로 연결되기도 합니다.

가정은, 따뜻해야 합니다. 위급할 때, 괴로울 때, 제일 먼저 떠오르고 발길이 향하는 곳이 가족이 있는 가정이어야 합니다. 가족은 어떤 고난이 와도 함께 격려하며 견딜 수 있는 힘을 가져야 합니다. 가족은 마지막까지도 웃음과 용기를 잃지 않아야 합니다. 힘겨웠던 IMF 시절에 유난히 이혼율이 높았던 이유는 경제적인 어려움이 아니라 서로 간에 격려하지 못하고 의지하지 못했기 때문입니다.

가족이 있어서 행복하십니까? 인생을 살다 보면 누구에게나 고난이라는 추운 겨울이 옵니다. 그 추운 겨울을 이겨 낼 수 있도록, 세상의 어떤 인연(因緣)보다도 큰 인연으로 만난 가족끼리 36.5℃로 안아 주세요.

우리에게 들리는 아주 좋은 소식 하나. 출근할 때 부인과 스킨십을 자주 하는 가장의 연봉이 그렇지 않은 사람보다 높다는 외국의 연구 발표가 있습니다. 남편 연봉 좀 올려 보시렵니까?

05

효도의 **정석**

시골에 계신 친정엄마는 1935년 을해년(乙亥年) 생이십니다. 다른 사람은 늙어도 내 엄마는 안 늙으실 거라는 착각 아닌 착각을 뒤로 하고 벌써 엄마의 팔순을 앞두고 있습니다. 이젠 시력도 흐려지시고, 귀도 어두워지셨습니다. 속사포처럼 빨랐던 말투도 많이 느려지시고, 언제나 아홉시 뉴스 시간을 넘기지 못하고 졸다가 주무시네요. 엄마에게서 영락없는 노인의 모습을 봐야 하는 딸의 가슴이 아프다는 걸 엄마는 아실까요….

참새같이 재잘대던 오남매의 시끄러운 소리가 사라진 지 오래인 고향집엔, TV가 엄마의 식구요 자식이고 친구입니다. 요즘 같은 겨울에는 길도 미끄럽고 매서운 추위 때문에 바깥나들이는 더 줄어들고 TV 앞자리를 떠날 일이 별로 없습니다. 그래서 좀 걱정입니다. 운동량도 적으실 뿐만 아니라, 의사소통할 기회가 많지 않아서 기억력이나 정서적으로 나쁜 영향을 받지 않으실지… 제 걱정과는 달리 엄마는 TV가 효자라며 방송국에서 좋아할 멘트를 날리십니다. 하긴 어떤 효자가 부모님과 그렇게 긴 시간을 보내 드릴 수 있을까요.

"사람은 어려서는 부모를 사모하다가 아름다운 여자를 알게 되면 여자를 사모하고, 처자식이 생기면 처자식을 그리워하고, 벼슬을 하면 군주를 사모하고 군주의 신임을 얻지 못하면 마음을 태운다"라는 맹자의 글에서 우리의 모습이 들여다보입니다. 어릴 때는 부모님이 삶의 전부처럼 매달렸는데 점점 자라면서 그저 도리로 섬기기도 벅차합니다.

애석하지만 부모 자식 간에도 삶의 영역과 생각이 다르다 보니, 어쩌다 고향을 찾아도 부모님과 별로 할 말이 많지 않습니다. 청력의 퇴화로 잘 못 알아들으시는 것까지 감당해야 하니 인내가 필요한 건 당연하고요. 열두 번 들었던 말을 또 들어야 하는 경우도 생깁니다. 돈으로 효도하기보다 정서적으로 효도하기가 더 힘든 것 같습니다. 진짜 효자는 둘 다를 적절히 잘하는 사람이겠죠.

어른들과 시간을 잘 보내는 방법이 있습니다. 먼저는 물어야 합니다. 저는, 인터넷으로 검색하면 친절하게 사진까지 제공해 주는 요리법을 엄마에게 묻습니다. 그러면 엄마는 '그럼 그렇지! 가방끈은 니가 길어도 내가 가르쳐 줄 게 있지' 라는 표정으로 신나게 설명을 해 주십니다. 또 열 번도 더 들었던 6·25 때 피난길은 어땠냐고 묻고, 그 옛날 엄마의 신혼살림은 뭐가 있었는지, 아버지가 미웠던 적은 언제였는지 묻습니다. 열심히 얘기하는 엄마의 표정이 주름살을 펴고도 남을 것같이 밝아지시니 항상 질문거리를 생각합니다.

다음은 들어야 합니다. 말을 끊지 말고, 길게 하시더라도 들어 드립니다. 재미가 좀 없어도 웃어 드리고, 슬픈 말엔 안타까워하고, 놀란 표정도 짓고 리액션에 열심내세요. 언제나 처음 듣는 것처럼 반응해 드리는 센스는 선택이 아니라 필수랍니다. 누군가 자기 말에 열심히 경청해 주고 반응해 주는 건, 나이를 불문하고 흐뭇한 일이니까요.

새해를 맞이하고 곧 설 명절입니다. 명절에 부모님을 뵙거든 시도해 보세요. 젊은이들과 소통하는 노년이 되려면 '입은 닫고 지갑은 열라' 는 말이 있더군요. 반대로 효도하려면 입도 열고, 귀도 열고, 지갑도 열어야 합니다. 힘들다고요? 에이~ 그래 봐야 하루 아니면 이틀이잖아요.

06

김장

백서

외삼촌 댁에서 백 세 가까이 사시다가 돌아가신 외할머니는, 아파트에 사시는 걸 못마땅해하셨습니다. 무엇보다 화장실이 집 안에 있다는 것이 그랬고, 김장을 마당에서 담그지 못한다는 게 그랬습니다. 노년에 풍 때문에 몸이 조금 불편해지시면서 화장실 타박은 없어졌지만, 김장만큼은 마당에서 담그고 땅에 묻은 항아리에 넣는 걸 제일로 치셨지요. 짠한 동치미국물과 항아리 속 김치 맛 때문인지, 한겨울 외풍 센 저희 시골집에서 지내시는 며칠을 기다리곤 하셨습니다. 과학적으로도 더운 실내보다 온도가 낮은 마당에서 담근 김치의 맛이 더 뛰어나다고 하더군요. 이젠 친정도 땅에 묻는 항아리가 아닌, 김치냉장고를 들여놓은 지 벌써 몇 해가 지났습니다.

김장을 하러 친정에 다녀왔습니다. 무려 이백 포기의 배추를 맛깔난 김치로 변신시키는 작업을 해 냈습니다. 가히 김치 공장 수준입니다. 오남매가 일 년 가까이 김치 걱정 안 하려면 그 정도는 해야 합니다. 친정에 도착하니 더운 여름에 친정아버지가 심어 놓은 배추가 실하게 자라 뽑혀 와 마당에 가득했습니다. 하나 둘, 엄마의 손맛이 최고라고 기억하는 유사한 DNA를 가진 오남매가 김치통을 들고 모여듭니다. 마당 한편으로 쌓아 놓은 김치통들이 또 다른 장관을 이룹니다.

양념이 버무려지고 저마다 입을 벌린 김치통들이 자리를 잡고, 모두 둘러앉아 김치통을 채우기 시작합니다. 똑같은 재료로 버무리는 김치지만, 엄마가 버무리는 김치는 맛이 달라 단연 인기입니다. 서로 자기 통을 가져다 놓고 엄마가 버무린 김치를 얻어 가려고 눈치작전이 심합니다. 엄마의 손맛을 욕심내는 우리들의 전쟁이 흐뭇하신지, 엄마는 이백 포기를 혼자서 다 버무리실 기세로 손이 점점 빨라지십니다. 자식 입에 들어가는 먹거리라 생각하니 힘이 절로 생기시나 봅니다.

김장김치의 짝꿍은 돼지고기 수육입니다. 된장 한 숟갈, 대파,

무, 양파를 듬뿍 넣어 부드럽게 삶은 돼지고기와 배춧속은 일 년에 한 번 누리는 미식(美食)이지요. 가을배추와 김치양념, 삶은 돼지고기는 비길 데 없는 찰떡궁합입니다. 아버지는 막걸리 한 병을 꺼내 오시고, 갑자기 과다해진 노동으로 아파진 허리도 혀끝의 호사와 함께 저절로 펴집니다. 철없을 땐 수육과 배춧속을 너무 먹어 배탈이 나기도 했었지요.

여든이 가까워지시면서 김장 때마다 "나 없더라도 김장김치는 사 먹지 말고 담가 먹어~"라는 엄마의 말에, 엄마가 없긴 왜 없냐고 제가 화를 냅니다. 두 분이 안 계시면 자식들이 '근본 없는 김치(?)'라도 먹게 될까 걱정이십니다. 기분 좋게 막걸리 한잔을 걸치신 아버지도 한마디 덧붙이십니다. "밥 잘 먹고, 운전 조심허고, 사람들이랑 사이좋게 지내고, 그럼 되는겨." 매번 듣는 충청도 양반의 '인생어록' 입니다. "아부지~ 우덜 밥 잘 먹을라믄 엄마, 아버지가 담근 김치 있어야 하니께 오래오래 사셔유!" 진한 사투리와 함께 막걸리 한잔을 채워 드립니다. "그려~ 허허허!" 몇 개 남지 않은 아버지의 이가 환하게 얼굴을 내밉니다.

김장은 하셨는지요?

07

좋은 기억 줄까?
나쁜 기억 줄까?

"가난한 남자 만나서…."

친정엄마의 인생 스토리는 언제나 토시 하나 다르지 않게 이렇게 시작됩니다. 옆에서 아무 말도 못 하고 계시는 아버지 들으시라는 듯, 고생한 얘기들을 '보따리 보따리' 풀어 놓으십니다. 결혼 후 신혼 때 밥 한 번 양껏 못 먹은 얘기며, 아버지가 실직하셨을 때 젖먹이들을 떼어놓고 옷감을 팔러 오지(奧地)로 다니신 얘기 등등. 항상 마지막 멘트로 "내 인생 책으로 쓰면, 열 권은 나올 거여"를 빼놓지 않으십니다.

친정아버지는, 지금도 하루에 버스가 세 번밖에 들어가지 않는 충청도 시골에서 빈농의 아들로 태어나셨지요. 공부를 잘하서서 사범학교를 졸업하셨지만, 결혼 적령기까지 경제적 기반을 잡을 수 없었습니다. 학교에 근무하시고, 워낙 성격이 유순하신지라 외할머니가 적극 결혼을 밀고 나가셨다고 합니다. 외할머니의 도움으로 작은 방을 얻어 시작한 결혼생활이 넉넉할 수 없었겠지요. 그 시절엔 다들 그렇게 사시지 않으셨을까 추측해 보지만, 그렇게 말씀드리면 엄마는 "모르는 소리 말어~"라고 면박을 주십니다.

친정엄마는, 황해도에서 부유한 사업가의 집에서 태어나셨답니다. 1940년대 겨울에 모피코트와 부츠까지 신고 지내셨다는, 전설같이 부유한 어린 시절을 보내셨다는 엄마. 하긴 북에 고향을 두고 오신 분들은 한결같이 모두 부유하셨다죠(^^). 두 분이 만나고 결혼하기까지는 6·25 전쟁이 결정적인 역할을 했습니다. 전쟁 후 엄마는 가족과 함께 충청도, 그것도 아버지의 고향 근처로 피난을 오신 겁니다.

만약 엄마가 책을 쓰신다면 부유했던 고향 얘기는 아주 작은 부분만 차지할 겁니다. 70~80퍼센트는 "가난한 남자 만나서…"로 시작되는 결혼 이후의 얘기일 것 같습니다. 어디에 그렇게 많은 기억을 저장하셨는지, 엄마의 고생담은 끝이 없으니까요. 아무런 반박도 못 하시고 듣고만 계시는 아버지가 안쓰러워, 평생 화도 안 내시고, 연탄불도 갈아 주시고, 쓰레기도 손수 버려 주시던 아버지의 좋은 점을 말씀드려 봅니다. 그제야 억지 대답하시듯 "그건 그렇지만…" 한마디 띄우십니다.

심리학적으로 사람은 '좋은 기억'과 '나쁜 기억' 중에서 '선택적'으로 나쁜 기억을 더 많이 기억한다고 합니다. 나쁜 기억을 많이 하면서 "내 인생에 즐거운 일이 있었나? 힘든 일만 많았지"라는 생각을 하게 된답니다. 남편이나 시댁에 서운했던 기억들이 좀처럼 없어지지 않는 걸 보면 저도 별반 다르지 않네요. 나쁜 기억을 선택하듯이, 훈련으로 좋은 기억을 가질 수도 있다고 합니다. 습관처럼 좋은 기억들을 떠올리라는데 잘될지 모르겠지만, 노력해 볼 만한 일입니다.

이번 명절에 많은 분들을 만나실 텐데, 그분들에 대한 좋은 기억을 떠올려 보세요. 아무리 떠올려도 좋은 기억이 없으시다면, 이번 기회에 만드시거나!

08

목욕탕 **별곡**

모처럼 한가한 날, 침대에서 도톰한 목화솜 이불을 벗 삼아 뒹굴고 있는 제게 딸이 목욕을 가자고 청합니다. 혼자 다녀오랬더니 등은 누가 밀어 주냐고 이불을 들춰냅니다. 아마도 구운 계란과 시원한 식혜 한잔이 그리운가 봅니다. 강추위 때문인지 평소 한가했던 목욕탕이 제법 북적입니다. 적당히 뜨거운 탕 속에서, 얼었던 몸이 스멀스멀 기분 좋게 데워집니다.

저 어렸을 땐, 손가락에 꼽을 정도로 목욕탕 출입이 드물었습니다. 명절 즈음해서 엄마와 함께 가는 목욕탕은 아수라장이 따로 없었지요. 빼곡히 들어찬 사람들과, 아이들의 울음소리, 엄마들의 고함소리, 살이 익을 듯 뜨거운 물, 엄마 손에 들린 이태리

타올의 공격. 어린마음으로 아마도 지옥이 목욕탕 같을 거라고 생각했었습니다. 온도에 대한 체감반응은 나이에 따라 어찌나 다른지 참을 수 없이 뜨거운 탕으로 들이미는 엄마가 야속했습니다. 게다가 멀쩡한 제 나이를 깎아, 목욕비를 반값으로 만드시는 엄마의 거사(?)에 동조해야 하는 그런 시절이었습니다.

목욕탕에 나쁜 기억만 있는 건 아닙니다. 평생을 묵언수행하시듯 말없고 무뚝뚝한 아버지가 어린이날과 성탄절 즈음에는 이벤트를 만드셨습니다. 가까운 온천에 있는 가족탕에 가서 목욕을 하고, 근처 중국집에서 외식을 시켜 주셨지요. 그 시절엔 온 가족이 함께 목욕을 하는 가족탕이라는 게 있었습니다. 오빠도 있고 남동생도 있었건만, 부끄러웠던 기억은 하나도 없고 중국집에 가서 짜장면을 먹을까, 짬뽕을 먹을까 그 생각뿐이었던 것 같습니다.

허기가 져서 그랬는지, 목욕 후에 먹는 짜장면은 몇 배로 맛있었습니다. 그때는 세상에서 제일 맛있는 음식이 짜장면이었지요. GOD의 노랫말처럼 짜장면이 싫다고는 안 하셨지만, 배부르다고 덜어 주시는 부모님의 짜장면을 넙죽 받아먹은 철없던 시절이었습니다. 버스를 타고 집으로 돌아오는 길은 아련한 행복감과 노곤함으로, 토막잠마저도 달콤했습니다.

혹시 목욕을 한 뒤에 기분이 좋아졌던 경험이 있으신가요? 윌리엄 로비너 박사에 의하면, 목욕은 고민을 없애는 데 효과적이라고 합니다. 성인 40명을 십 분간 따뜻한 물을 채운 욕조에 몸을 담그게 했더니, 불안과 근심거리가 사라졌다는 실험 결과가 나왔다고 하네요. 또한 과학적인 대발견은 주로 목욕 중이나 수면 중에 일어나는 경우가 많다고 합니다. "유레카!"라는 말로 유명한 '아르키메데스의 원리'가 나오게 된 것도 그 이유 아닐까요. 골치 아픈 일이 있으시거나, 대발견이 필요하시다면 욕조에 들어가 보세요.

저는요, 대발견 말고 칼럼거리 하나라도 건진다면, 욕조가 아니라 대야에라도 들어가고 싶습니다~(^^).

09

기다리는 건 **어려워**

시골에서 택배로 감이 왔습니다. 홍시로 먹는 대봉시 한 상자. 겨우내 베란다에 두고, 가끔 나가서 물러진 것을 간택해(?) 먹는 재미는 겨울에만 누리는 소소한 즐거움입니다. 비타민C도 많아 감기 예방에도 좋다니, 몇 년 전부터 감기와 멀어진 게 그 덕인가 싶네요. 가운데 흰 부분만 먹지 않으면 변비 염려도 없다더군요.

사각사각한 단감은 좋아하지만, 물컹한 느낌이 싫어서 홍시는 별로였습니다. 그런데 몇 해 전부터 부드러운 질감과 적당하게 달콤한 홍시 맛에 빠져 버렸습니다. 점점 신맛 나는 과일은 멀리하고 단맛 나는 과일을 가까이하는 변화와도 연관이 있겠죠. 가을걷이가 끝난 친정에 가면 감을 챙기는 '이쁜 도둑' 짓을 좀 합니다. 예전에 없던 홍시 욕심을 내는 나를 보고 친정엄마는 "너도 나이 먹나 부다" 하시네요(ㅠㅠ).

홍시가 되기를 기다리다 보면, 신기하게도 같은 나무에서 한날한시에 딴 감인데도 홍시가 되는 속도가 저마다 다릅니다. 그래서 어제 하나, 오늘 하나 골라 먹게 되어 질리지 않게 한 상자로 겨울을 납니다. 만약 상자 속의 감이 한꺼번에 똑같이 물러진다면, 보관도 어렵고 상하거나 질릴 수도 있겠죠. 빨리 물러져서 내게 선택된 놈도 이쁘고, 좀 느려서 뒤에 물러지는 놈도 기특합니다. 상자 안에서 저들끼리 순번을 정하는 건 아닌지 궁금하기도 하네요.

어디 감뿐인가요. 자라는 아이들도 빨리 영그는 아이도 있고, 좀 늦은 아이도 있습니다. 자녀 성장이 빠르면 우쭐해지는 게 부모고, 좀 늦으면 못 참는 것이 또 부모지요. 정작 아이들은 자신의 속도에 맞게 자라고 있는데, 부모가 안절부절못하는 경우가 많습니다. 늦게 되는 게, 잘못되는 건 아닌데 말이에요.

옛날 어리석은 농부가 자기 논의 벼가 다른 논의 벼보다 덜 자란 것을 보고 속상해했습니다. 생각 끝에 벼를 조금씩 잡아당겨 키를 크게 해 놓고 흐뭇해했지요. 집에 돌아와 아들에게 자랑을 하니 아들이 놀라 논으로 뛰어갔지만, 이미 논에 있던 벼들은 시들어 버렸고 그해 농사를 망치게 됐습니다. 느긋한 마음으로 관찰하고 기다렸다면 수확의 기쁨을 가질 수 있었을 텐데…

'발묘조장(拔苗助長)' 이라는 사자성어 얘깁니다.

에디슨은 괴팍하고 늦은 성장에도 불구하고 큰 업적을 남긴 것으로 유명합니다. 그 뒤에는 아들을 응원하고 기다려 준 어머니가 있었다고 합니다. 제가 아이를 키워 보니 기다려 준다는 말이 참으로 어렵더군요. 조바심 때문에 직접 해 주고, 간섭하고, 다그치고… 금방은 성과가 있는 것 같지만, 장기적으론 아이의 성장을 제한할 수도 있다는 걸 몰랐습니다.

부모는 멀리 보라 하고, 학부모는 앞만 보라 합니다.
부모는 함께 가라 하고, 학부모는 앞서 가라 합니다.
부모는 꿈을 꾸라 하고, 학부모는 꿈꿀 시간을 주지 않습니다.
당신은 부모입니까, 학부모입니까?

"어머니가 나를 만드셨다"고 고백했다는 에디슨의 말, 우리 애들 입에서 "어머니가 나를 망쳤다"는 말로 바뀌지 않게 해 주세요.

Part 2

'화성과 금성에서 온 사람들'

01

입을 옷이 **없다고?**

1999년 성탄절, 스티븐 호킹 박사가 CNN 토크쇼에 초대됐습니다. 현존하는 세계적인 천재에게 토크쇼 진행자가 물었습니다.

"박사님이 가장 이해하기 힘든 게 뭐죠?"

어렸을 때부터 천재성을 자랑하던 박사가 대답했습니다.

"여자요."

소개팅 자리에서 남자가 여자에게 묻습니다.

"어디 가서 저녁이라도 드실까요?"

여자가 친절한 미소를 지으며 답을 합니다. "아뇨, 괜찮아요." 남자는 정말 여자가 배고프지 않은 줄 알고, 대화를 이어 갑니다. 여성과 헤어진 후, 맘에 드는 여성을 만난 것 같아 우쭐해집니다. 며칠 뒤 주선자에게 여자 쪽에서 마음이 없다는 소식을 듣고 뭐가 잘못됐는지 의아해합니다. 맘에 없는 남자와 저녁식사를 같이 하고 싶지 않았던 여자의 마음을 몰랐던 겁니다.

남편이 아내에게 말합니다.

"이번 어머니 생신에 여행 좀 보내 드려야겠는데, 당신 생각은 어때?"

"당신 맘대로 하세요." 진짜 맘대로 하라는 줄 알고, 남편은 자기 마음껏 일을 진행합니다. 어머니를 여행 보내 드린 날, "나하고 상의도 없이 당신 맘대로 하냐"는 아내의 핀잔에 아연실색합니다. 남편은 맘대로 하라는 게, 적극적인 동조의 뜻만 품고 있는 게 아니라는 걸 몰랐습니다.

남편들은 이해를 못 합니다. 옷장이 미어져라 걸려 있는 옷을 놔두고, 입을 옷이 없다는 아내들의 푸념을. 그 상황에서 '저건 옷이 아니고 뭐냐' 고, '몸이 문제지 옷이 무슨 죄냐' 고 하면 큰일 납니다. 옷장 문을 열고 푸념하는 아내는 당신의 자상한 말과 사랑표현에 고픈 거니까요. "당신은 몸매가 명품이라 뭘 입어도 잘 어울려~", "가자, 내가 옷 한 벌 사 줄게!"라고 해야 신상이 편하실 겁니다. 한번 해 보시죠. 아내 얼굴이 금방 봄빛으로 바뀔걸요.

남자들과는 달리 여자들은 은유와 뉘앙스를 많이 갖고 삽니다. 반면에 남자들은 명확한 표현에 의지합니다. 그래서 남자는 여자를 '피곤하다' 고 하고, 여자는 남자를 '눈치가 없다' 고 하지요. 여자는 남자를 다 안다고 하고, 남자는 여자를 모르겠다고 합니다. 그걸 어떻게 고쳐 보겠다고 열을 내니 부딪칠 수밖에요. 화성인지 금성인지 따질 것 없이 조물주의 결과물에 순응하는 게 어떨는지요. 광대한 우주를 연구한 스티븐 호킹 박사도 두 손 든 여자를 어떻게 해 보시려고요? 그냥 두 손 드시죠(^^).

02

말은 안 통해도, **말 잘 듣는 남자**

항상 문제는 남편에게서 시작됩니다. 새해 첫날, 뽀얀 사골국물에 만두와 흰 쌀떡을 넣고 끓인 떡국으로 늦은 아침을 먹었습니다. 남편이 식사 중에 새해 덕담이라고 딸에게 한 말 끝에, "올해는 살 좀 빼라"는 말이 화근이 됐습니다. 떡국을 맛나게 먹던 딸이 굳은 얼굴로 숟가락을 놓고 제 방으로 들어가 버리더군요. 잘해 보자고 한 게 분위기만 어색해졌습니다.

딸 방으로 들어가 보니, 눈물이 그렁그렁한 채로 침대에 누워 있습니다. 마저 먹으라는 말에 "살 빼야 하니까, 안 먹어!"라며 돌아눕습니다. 어느새 남편이 들어와 "아빠가 없는 말 했냐?"라며 상황을 악화시킵니다. 한창 외모에 예민할 나이라서 그런지 외모에 관한 얘기는 딸을 끓게 하나 봅니다. 남편은 남편대로, 애 무서워서 말도 맘대로 못 하겠다고 넋두리를 합니다. 에구, 중간에서 저도 괴롭네요.

당연히 말은 맘대로 하는 거 아니라고 남편에게 이야기해 줬습니다. 상대방의 감정을 생각하고 말해야 한다고요. 남편은 항상 말끝에 상대방의 고쳐야 할 점을 지적해 주는 재주(?)를 가졌습니다. 처음에는 칭찬으로 시작하다가도 언제나 끝은 충고로 끝냅니다. 항상 그런 식이니 저와 딸에게서 좋은 점수를 얻지 못합니다. 남편은 남편대로 토라지는 우리를 보며 여자들과는 말이 안 통한다고 애통해합니다.

딸도 자신이 살을 빼야 하는 상태라는 걸 충분히 알고 있습니다. 노력도 해 보지만 어디 그게 쉬운가요. 빠지지 않는 살 때문에 본인도 속상한데 아빠가 콕 찔러 말하니 속이 쓰리답니다. 그것도 맛있게 떡국을 먹는 중에 그랬으니 말이지요. 소통 능력이 부족한 남편 덕에 딸과의 거리감도 늘어나고, 남긴 떡국을 처리하느라 음식물 쓰레기 양도 늘어났습니다.

결국, 저녁 식탁에 다시 둘러앉았지만 콜드한 공기가 흘렀습니다. 실제로 남자들이 여자들보다 공감과 소통 능력이 부족하다고 합니다. 여자들이 드라마를 보며 울고 웃는 모습을 이해 못할 눈으로 보는 게 남자들이죠. 그 산 증인으로 앉아 있는 남편을 보니 안돼 보입니다. 그러니 제가 옆에서 도와 줄 수밖에요.

저녁을 먹고 남편과 산책을 하며 이야기를 나눴습니다. "상대방이 이미 알고 있고 고치려고 하는 부분을 지적하는 건, 충고가 아니라 비난으로 들린다. 진짜 딸이 살을 빼기 원하면, 같이 운동을 가자고 권유하거나, 살 빠지는 데 좋다는 보이차라도 사 주면 좋아할 거다", 뭐 이런 말이었습니다. 다음 날, 외출하고 돌아오는 남편의 손에 꾸러미가 들려 있었습니다. 예쁘게 포장된 보이차 한 통.

이 남자, 소통 능력은 떨어져도 말은 잘 듣습니다. 그래서 지금까지 삽니다.

03

에로를 **아십니까?**

"아~ 남자에게 참 좋은데, 어떻게 표현할 방법이 없네~." 이 광고 하나로 건강식품 회사가 대박을 이룰 만큼, 남자들의 정력에 대한 열의는 한여름의 열대야보다 뜨겁습니다. 의사의 처방 없이 '비아그라' 를 나눠 먹는 남자들. 너나없이 침대 위의 변강쇠를 꿈꾸지만 다음 네 가지를 고려하지 않으면 어림없습니다. 섹스의 상대자인 여자들의 성감(性感)을 모르면 괜한 힘 낭비지요.

첫째, 만취 상태에서 들이대지 말기

여자들은 사랑의 행위에서 존중받고 싶어합니다. 남편을 위한 대기조 취급은 영 싫습니다. 역한 술 냄새까지 감당해 가며 술자리 뒤풀이 같은 느낌을 갖고 싶지 않지요. 더구나 가임여성이라면 혹시나 하는 걱정까지 떠안게 됩니다. 모처럼 둘만의 에로를 원하신다면, 술은 절제하는 걸로!

둘째, 싸움 뒤에 곧바로 들이대지 말기

세상에 싸우지 않고 사는 부부는 없습니다. '부부싸움은 칼로 물 베기' 라고도 하지요. 그렇지만 싸운 뒤에 스킨십으로 시작해 아내를 눕혀 버리려는 남편은 '노 땡큐' 랍니다. 아내에겐 감정을 추스르는 시간이 필요합니다. 제대로 된 사과도 없이, 한번 만져 주고 힘써 주는 것으로 무마시키려는 거 좀 짜증납니다. 먼저 화해부터 하는 걸로!

셋째, 분위기 깨는 말 안 하기

둘만의 시간, 서서히 끈끈함을 향해 가는데 남편 왈 "오늘 김 부장이 말이야…", "애 학원은 어때?"라는 멘트를 날립니다. 완전 김빠지는 소리. 갑자기 찬물을 끼얹습니다. 힘만 잔뜩 가지고 있으면 뭐합니까. 차라리 눈 딱 감고 "당신 날씬해졌네", "피부 좋아졌다~"라고 아부성 멘트를 날리는 게 낫습니다. '오디오 효과'도 적절히 띄우는 걸로!

넷째, '섹스리스'라도 괜찮다

혈기왕성한 젊은 시절은 속히 가고 중년이 되면 마음같이 안 됩니다. 혹시라도 그것 때문에 눈칫밥 먹을까 걱정하지 마시길. 우리 주변에 섹스리스 부부가 28퍼센트나 된다고 하네요. 때로는 같이 누워서 "고생한다", "고맙다"는 말 들려주며 품에 꼬옥 안아 주는 것만으로도 아내는 감동합니다. 그렇지만 수많은 밤, 말로만 때우지 말고 가끔은 아름다운 밤을 만드는 걸로!

04

결혼은 **맛있다?**

어스름한 저녁 무렵, 서울 외삼촌 댁에 다니러 가셨던 엄마가 무거운 보따리를 들고 들어오셨습니다. 보따리 안에는 내가 입을 사촌언니의 작아진 옷과 병커피, 그리고 노란색의 길쭉한 과일이 들어 있었습니다. 그 과일의 이름이 바나나라는 것도, 부드럽고 달콤한 향내 나는 그 맛도 난생처음 알게 된 날입니다. 그날의 일기 속에서도 바나나가 주인공으로 나타납니다. 환상적인 바나나의 맛을 보고 난 그 이후로도 오랫동안, 바나나는 가까이하기엔 너무나 먼 귀한 과일이었습니다.

지금으로부터 40여 년 전의 일입니다.

변비와 골다공증, 우울증에도 좋다는 효능 때문에 바나나를 자주 삽니다. 다른 과일보다 가격도 저렴해서 고맙기도 하고요. 어렸을 땐 사과, 배보다도 귀하고 비싼 과일이었는데 지금은 너무나 흔한 과일이 되었습니다. 수만 리 먼 거리를 배를 타고 온 바나나를 고를 땐 약간 푸르스름한 것을 고릅니다. 요즘 같은 날씨에 하루 이틀 놓아두면 아주 알맞게 익어서 최고의 맛을 보여 줍니다. 이렇게 수확 후에 익어 가는 과정을 '후숙(後熟)' 이라고 합니다. 바나나 말고도 키위, 망고도 '후숙' 을 거쳐야 더 맛있어 집니다.

고등학교 친구 중에, 어린 나이에 가난한 남자와 결혼한 친구가 있었습니다. 신혼집을 찾아가 보니 그냥 한마디로 소꿉장난이었습니다. 둘이 붙어 누울 수밖에 없는 작은 방에 책상 겸 밥상으로 쓰는 작은 상 하나, 숟가락, 그릇 몇 개뿐, 혼수의 필수품인 장롱도 없는 살림이었습니다. 그러나 시장에서 끊어 온 천으로 손수 커튼을 만들어 달아 놓고 행복한 표정을 짓고 있는 친구는 궁상과는 거리가 멀어 보였습니다. 그러고는 어찌나 알콩달콩 야무지게 사는지 지금은 근사한 단독주택에 넓은 텃밭까지 가꾸는 알부자가 되어 있습니다.

30대 미혼 남녀가 결혼을 미루는 이유로 남성은 '경제적인 기반이 되지 않아서', 여성은 '마땅한 사람이 없어서' 라는 답이 많다고 합니다. 직접적인 표현은 아니지만 여성의 경우도 상대의 경제력을 염두에 둔 답입니다. 결혼의 걸림돌로 경제적인 문제가 가장 크다는 얘깁니다. 돈의 위력이 결혼까지도 쥐고 흔드는 것 같아 착잡해집니다. 시작을 든든한 기반 위에서 하려는 것도 이해합니다. 그렇지만 시작은 작지만 살면서 부풀려 가는 재미와 보람도 나쁘지 않다는 걸 말해 주고 싶습니다.

과일의 단맛을 더해 주듯, 결혼도 '후숙' 과정을 거쳐 더 단단해지고 맛이 날 수 있습니다. 조금 작은 집에서 많이 갖추지 못하고 시작하더라도, 두 사람의 땀이 더해지고 마음으로 위해 줄 때 단맛이 납니다. 혹시 결혼을 미루고 계십니까? 마음 맞는 상대가 있거든 너무 경제적 문제에 얽매이지 말고 시작해 보시라고 이 연사 소리 높여 주장합니다. 살아 보니, 결혼생활은 근사한 '혼수품' 보다 '성품' 이 더 중요하더군요. 혼수품이 주는 행복은 아주 잠깐이더라고요~.

05

'오빠 호르몬' 있어요!

가수 싸이의 〈강남 스타일〉 속 말춤이 선풍적인 인기로 지구를 흔들어 놨었습니다. 세계적으로 불어난 인기와 유명세를 치르느라 싸이의 트레이드마크인 두툼한 배도 호~올쭉해진 듯 보여요. 가사도, 리듬도, 뮤비도 하나같이 재미있는 게 인기 비결입니다.

그런데 가사 속 '오빠' 대신에 다른 단어가 들어갔으면 어땠을까요? "우린 강남 스타일", "김 대리는 강남 스타일"이었다면 스타일 구겼겠죠. 〈강남 스타일〉에 열광하는 외국 사람들을 보면서, 그들이 노래 속 '오빠'라는 말의 뉘앙스를 아는지 궁금하네요, 뜬금없이….

꽤 오래전부터 지금까지 '오빠'는 연인 사이에서 남자를 말합니다. 요즘은 부쩍 연상연하 커플이 늘고 있지만, 그런 커플조차 여성이 남성에게 '오빠'라고 부르는 경우가 있더군요. 아무튼 결혼 전까지, 결혼 후 잠깐 동안도 남자는 '오빠'로 지냅니다. 비록 '오빠'라는 호칭의 수명은 짧지만 그 효력은 큽니다. 남자가 오빠일 때, 여자에 대한 남자의 헌신은 극치를 이룹니다. 저는 그 이유를 '오빠 호르몬'이라고 이름 붙여 봅니다. 이 신생 호르몬(?)의 분비 여부에 따라 상황은 많이 달라집니다.

오빠일 땐 1박 2일 여행을 가자고 조르더니, 남편이 되니까 집에서 쉬자고 버팁니다. 오빠일 땐 지갑을 잘 열더니, 이젠 지갑을 숨겨요. 오빠일 땐 내 앞에서 최고의 옷을 입더니, 이젠 최악의 옷(늘어난 러닝과 팬티)을 입습니다. 오빠일 땐 피곤하지 않다더니, 이젠 항상 피곤하대요. 오빠일 땐 컴컴한 영화관을 좋아하더니, 이젠 TV 앞을 좋아합니다. 오빠일 땐 가방을 들어 주더니, 이젠 자기 몸도 무겁대요. 오빠일 땐 절대 방귀 뀔 사람이 아닌데, 이젠 방독면이 필요합니다. 오빠일 땐 나랑 하는 전화 못 끊게 하더니, 이젠 빨리 끊으라고 합니다.

남자들에겐 '오빠 호르몬'의 향수가 있나 봅니다. 업소 언니들의 비염 걸린 '옵빠~' 소리에 쉽게 지갑을 엽니다. 나이를 불문하고 '오빠' 소리에 무장 해제하는 순진무구(?)한 남자들이 있어 '옵빠~ 사업'은 불황도 비껴가는 호황 사업입니다.

결혼한 여자들에게도 '오빠 호르몬'이 철철 흐르던 때가 그립습니다. 해바라기처럼 바라봐 주고, 뭐든지 해 줄 것 같던 그 '오빠'는 사라진 지 오래입니다. 좀 어색해졌지만 다시 '오빠~'라고 불러 보면 돌아올까요? 아무래도 다시 '오빠~'라고 불러서 '오빠 호르몬' 효과를 보는 건 어려울 것 같습니다. 닭살이 먼저 나오는 것도 그렇지만, 같이 산 세월이 20년이니 그렇잖아도 닮았다고 하는데 딱 남매로 보일 겁니다. 대신 '남편 호르몬'을 기대해 보지만 영 신통치 않습니다. 그나마 밉지 않은 '아빠 호르몬'이 있어서 봐주고 삽니다.

06

남편 좀 **살려 봐?**

"주말부부 되면 계 탔다", "월말 부부는 로또 당첨!" 사오십대 주부들이 모여서 하는 얘깁니다. 아침밥 먹고 출근하는 남편은 간 큰 남자고, 귀신 잡는 해병이 제일 무서워하는 사람은 마누라라지요. 연애할 땐 '오빠'로 시작해 '자기'에서 '여보'로, 결국엔 '웬수덩어리'로 이름표를 바꿔 단 남자들. 생각해 보면 그리 잘못한 것도 없는데 남편을 '찌질남' 취급하는 현상은 수천 년 가부장적인 남성우월주의에 대한 한풀이라고 해야 할지. 그 사태가 심각하여 요즘 한 여성단체에서 '남편 기 살리기' 캠페인을 벌인다고 하는데, 요렇게 해 보면 어떨까요?

첫째, 꼬리치며 살아라

애완견도 아닌데 웬 꼬리? 우리에게도 두 개의 꼬리가 있습니다. 입 꼬리와 눈 꼬리. 입 꼬리는 올리고 눈 꼬리는 내려야 해요. 아내들이 밖에서는 상냥하고 웃기도 잘하는데 집에서, 특히 남편 앞에서는 굳어 있는 얼굴을 하고 있는 경우가 많지요. 문제 학생 훈계하는 무서운 선생님 같은 얼굴은 버리세요. 집안 최고의 인테리어는 아내의 미소이고, 인류 최고의 화장품은 웃음이랍니다.

둘째, 칼과 꽃을 생각하며 말하라

칼은 날카롭고 다칠 위험이 큰 물건입니다. 칼을 필요로 하는 상대에게 전해 줄 때는 다치지 않게 조심스럽게 줘야 하지요. 반대로 꽃은 아름답고 기분을 좋게 하며 선물로 받고 싶은 물건입니다. 큰 다발로 자주 받으면 더 기쁘지요. 여기서 칼은 '충고와 비난'을, 꽃은 '칭찬과 격려'를 뜻합니다. 남편에게 칭찬은 많이 하고 충고는 남편이 필요로 할 때 조심스럽게 하세요.

셋째, 선물을 하라

저 어릴 적엔 아버지 월급봉투 가져오시는 날은 엄마의 식사 준비가 달랐습니다. 요즘은 월급이 통장에 입금되니 남편들이 어깨 한번 펼 기회도 빼앗겼습니다. 기념일이나 월급날, 생활비가 입금되는 날에 남편에게 특별한 선물을 해 보세요. '1일 자유시간 주기', '하루 동안 남편 뜻에 따르기', '발 닦아 주기', '먹고 싶은 음식 해 주기' 등의 쿠폰을 발행하는 것도 좋겠지요. 남편의 이벤트만을 기다리지 말고 남편을 위해 이벤트를 만들어 보세요.

넷째, 바라보고 살을 맞대라

자녀가 생기면 부부의 시선이 대부분 아이들에게 향합니다. 그렇지 않으면 TV나 컴퓨터, 핸드폰에 머무는 게 다반사지요. 연애 시절엔 서로 눈을 떼지 못했던 사이가 부부싸움할 때만 마주 보고 스파크를 일으킨다면 슬픈 일입니다. 부드럽게 바라보고 스킨십도 자주 하세요. 아침에 아내와 입 맞추고 출근하는 남편이 연봉 액수도 높다는, 귀가 솔깃한 사례 발표도 있더군요.

다섯째, 실수와 잘못을 덮어 줘라

가정생활에서 여자보다 남자들이 실수를 더 많이 합니다. 그런데 여자들의 기억력은 컴퓨터 하드웨어와 맞먹지요. 몇 년 전의 일도 어제 일처럼 기억하고 따집니다. 남편들은 잘 잊어버리는데, "몇 년도 몇 월 몇 일에 당신이 그랬잖아"라는 말로 남편을 난감하게 만들지 말기를. 그냥 덮어 주는 게 서로에게 득이 됩니다.

그럼, 저는 이렇게 살고 있냐고요? 음~~ 통과!!

07

넌
내 거야!

결혼 3년차에, 아직은 새신랑 소리가 어색하지 않은 지인(知人)을 만났습니다. 오랜만의 만남인지라 서로의 안부가 오고갔습니다. 신혼의 재미가 어떠냐는 저의 상투적인 질문에, 저와 상담 좀 해야겠다며 반색을 하고 나섭니다. 그러고 보니 언제나 생글생글, 잘 웃던 얼굴이 좀 무거워진 것 같습니다. 세월 탓인가 했더니, 꼭 그 이유 때문만은 아닌가 봅니다.

연애할 땐, 시시한 유머에도 잘 웃어 주고 애교도 많던 그녀가 결혼 후에는 쌈닭이 되었다고 하소연합니다. 여자들은 결혼하면 호르몬 변화라도 있는 모양이라며, 자기가 하는 일에 사사건건 못마땅해하는 와이프 때문에 피곤하다는 내용입니다. 친구들 모임에서 분위기 띄우려고 농담이라도 하면 남자가 왜 그리 가볍냐고 타박이고, 사다 주는 선물을 보고는 안목이 없다고 구박이고, 아기 봐 주는 것도 어설프다는 소리 듣기가 일쑤랍니다. 그래서 자기는 뭘 잘못했는지도 모르고 미안하다는 말이 입에 붙었답니다. 결혼 전엔 유머가 있어 좋다던 그녀, 별거 아닌 선물에 감동하던 그녀, 오빠는 못 하는 게 없다고 칭찬하던 그녀였다는데요.

와이프가 임신, 출산, 양육으로 날카로워졌을 거라고 말해 줬습니다. 그게 다 잘해 보자고 하는 거지 미워서 그런 건 아니다, 여자들은 원래 디테일한 부분에 마음을 쓴다, 결혼생활에 연륜이 좀 쌓이면 이해심도 많아질 거라고 위로의 말을 한 수 띄웠지요. 제 의도가 잘 전달됐는지, 그녀도 아기하고 고생하느라 그렇기도 할 거라고 부드럽게 말을 맺었습니다.

지인의 말처럼 결혼 후에 호르몬의 변화가 생기는지는 모르겠으나, 누구나 변하는 건 확실한 것 같습니다. 그 원인 중에 하나가 관계를 소유로 여기기 때문이 아닐까 생각이 드네요. '상대방' 으로 대할 때와, '내 소유' 로 대할 때 많이 달라지지 않을까요? '상대방' 일 땐 객관적으로 보지만, '내 소유' 일 땐 주관적으로 보게 됩니다. '상대방' 일 땐 특징으로 보이던 것이 '내 소유' 일 땐 허점으로 보이기도 합니다.

부부간에도 '상대방' 으로 인정해야 한다고 생각합니다. '내 소유' 가 되면, 부족한 면이나 맘에 들지 않는 면을 내가 고칠 수 있는 것처럼 지적하고 안타까워합니다. 결과적으로는 서로가 피곤해지겠죠. 물건은 적정한 가격만 지불하면 '내 거' 가 되지만, 사람은 '내 거' 가 될 수 없습니다.

"좋은 아내와 남편이 되라고 강요하기보다, 좋은 아내와 남편이 되도록 노력하라" 는 어느 결혼식의 주례사가 생각납니다.

08

남편들도 **명절이 두렵다**

추석이 코앞입니다. 떠들썩했던 큰 태풍과의 싸움을 치르고도 강인한 생명력과 거두는 손길의 수고로, 우리 곁에 온 맛있는 결실들이 반갑습니다. 봄,여름을 견뎌낸 수확물과 오고가는 정으로 기쁨과 감사가 넘치는 한가위가 되어야 하지만, 엄청난 스트레스를 감당해야 하는 주부뿐만 아니라 그런 아내의 눈치를 봐야 하는 남편들에게도 부담스런 때이기도 합니다. 그래서인지 명절에 부부간의 다툼으로 명절이 지나면 이혼이 늘어난다는 얘기가 있습니다. 즐거워야 할 명절이라는데 즐거운 건 그만두고 아픈 상처만 남긴다면 조상님들도 반가워할 일이 아닐 텐데요.

추석 선물을 좀 장만하려고 쇼핑몰에 들렀습니다. 엘리베이터 안에서 주부로 보이는 쇼핑몰 직원들의 대화를 듣게 됐어요. 추석에 영업을 하는 곳이었는데 한 직원이 추석날 근무를 하게 됐다는군요. 다른 직원이 명절에 근무해서 안됐다는 반응을 보였습니다. 그러자 그 직원 왈, "시댁 안 가고 근무하는 게 백 번 나아!"

엄살떤다고 할지 모르겠지만, 명절에 가장 고역을 치르는 건 주부들입니다. 생활비를 쪼개 여러 가지 선물과 부모님 용돈을 장만해야 하는 것부터 머리가 아파 옵니다. 시댁에 도착하면 폭풍 일거리를 해 내느라 몸은 통제 불능으로 무거워집니다. 거기다가 "누구네 며느리는 어떻네"라거나 친정 가는 길을 막으며 "시누이 오니까 보고 가라"는 말이라도 듣게 되면 스트레스 제대로 옵니다. 그럴수록 편히 앉아 헤죽거리는 남편은 밉기만 하지요.

많은 주부들의 경우 시댁에 대한 불만보다 고생한 걸 몰라주는 남편에게 불만이 더 큽니다. 그렇기에 "일 년에 한두 번도 못 참냐?"는 반응보다는 섬세한 남편의 배려가 필요합니다. 인터넷을 보니 남편들이 아내의 명절증후군을 없애 주는 묘책들이 나와 있더군요. 명품백을 사 준다, 명절 뒤에 여행을 간다, 고급 마사지 이용권을 선물한다 등등. 그런데 하나같이 주머니사정을 어렵게 하는 것들이라 권장하기는 어렵겠습니다.

다행히도 주머니사정 걱정 없이, 아내의 명절증후군을 치료할 수 있는 방법이 있습니다. 버지니아 대학의 제임스 코언 교수가 "남편이 아내의 손을 잡아 줄 때 아내의 스트레스 수준을 낮춰 준다"라는 연구 결과를 발표했습니다. MRI 관찰 결과 누구의 손이든 손을 잡는 경우 스트레스가 줄어들었지만, 남편의 손을 잡는 경우에 가장 큰 효과를 보였다는군요. 명절을 보내고 돌아오는 차 안에서 옆자리에 앉은 아내의 손을 잡아 주며 "고생했어! 당신~" 이라는 멘트 하나면 두루두루 편할 겁니다. 꼭 기억해 두세요!

그렇다고 명절 내내 손 하나 까딱 안 하고, '손 잡아 주기' 한 번으로 끝내려는 꼼수는 좀 그렇겠죠! 아무쪼록 화목한 명절 되시기를 바랍니다.

09

돈 없으면 **이거라도 잘해야**

아주아주 가난한 부부가 있었습니다. 성탄절이 다가오면서 두 사람은 고민에 빠졌습니다. 사랑하는 이에게 기억에 남을 좋은 선물을 사 주고 싶었지만 둘은 너무나 가난했습니다. 고민 끝에 남편은 돌아가신 아버지에게서 물려받은 줄 떨어진 주머니시계를 팔아 아내의 풍성하고 긴 머리를 장식할 예쁜 핀을 샀습니다. 아내는 아끼던 긴 머리카락을 잘라 남편이 가지고 있는 줄 떨어진 주머니시계의 줄을 샀습니다.

슬프고도 아름다운 오 헨리의 소설 〈크리스마스 선물〉의 줄거리입니다. 비록 선물은 무용지물이 되었지만, 서로를 감동시킴으로 선물의 역할은 다했다고 봅니다. 자신이 가장 아끼던 것을 포기하고 준 선물로 두 사람의 사랑은 더욱 견고해졌을 겁니다. 이런 선물 받고 싶지만, 감히 줄 수 있다고 말할 용기는 없습니다.

추위와 함께 성탄절이 코앞입니다. 이 땅에 사랑을 전하기 위해 예수님이 오셨다는데, 가장 기뻐하기는 백화점이 아닐까 싶습니다. 실제로 성탄절은 백화점에 상당한 매출을 가져다줍니다. 특별히 세일을 하지 않아도 매장마다 선물을 준비하려는 사람들로 북적입니다. 저도 벌써부터 고민이네요.

한 포털 사이트에서 조사한 바에 의하면 선물에 대한 만족도가 여성보다 남성이 훨씬 높다고 하네요. 여성들의 취향이 다양하고 까다로워 그런가 봅니다. 선물 때문에 고민이 많으시죠? 선물 고르는 거 생각보다 어렵습니다. 현빈이 열연한 드라마 〈시크릿 가든〉의 주인공만큼 재력가라면 백화점 한 층의 물건을 싹 쓸어 안기면 편할 텐데, 얼굴도 주머니 사정도 그 인간과는 거리가 너무 멀다는 게 현실입니다.

돈이 없어도 선물만큼의 역할을 할 만한 게 있습니다. 감동을 줄 만한 말 한마디, 잘만 하면 명품백의 감동과 견줄 만합니다. 여자들은 립서비스(Lip-service)에 크게 반응하는 회로를 가지고 있습니다. 속는 건지 속아 주는 건지 알 수 없어도 언제나 작동하는 회로를 믿고 한번 해 보세요.

"사랑하는 당신을 만나서 내 인생이 빛날 수 있었다오."

"내가 세상에 태어나서 제일 잘한 일은 당신 만난 거야."

"당신은 절도범이야! 내 마음을 훔쳐 갔잖아!" 등등….

혹시나 그동안의 무뚝뚝함 때문에 어려운신가요? 말이 쑥스러우시다면, 카드나 문자를 이용해 보세요. 그렇지만 달랑 립서비스로만 때우지 말고, 립스틱이나 장갑이라도 하나 첨부하는 센스는 여러분 몫입니당~.

10

센스 좀 **있는 남자**

"엄마, 머리 잘랐네! 세련돼 보인다~."

"고마워, 호호."

집에 들어오는 딸이, 2센티미터 짧아진 제 머리를 눈치 채고 아부성 멘트를 날립니다. 진실성의 여부가 의심되긴 하지만, 하여튼 기분은 좋습니다. 그와 달리, 저녁 늦게 들어온 남편의 첫마디. "나, 밥 못 먹었어. 밥 줘!"

눈은 모양으로 달고 다니는지, 달라진 머리를 알아봐 주면 좀 어때서… 늦게 들어와 밥 달라는 것도 밉상인데, 둔하기까지. 대충 차린 밥상인 줄 아는지 모르는지 숟가락 움직이기 바쁩니다. 앞에 앉아 얼굴을 들이대고 묻습니다. "나, 뭐 달라진 거 없어?"

"응…? 머리 잘랐구나!"

무디고 무딘 센스를 가진 게 남자들입니다. 어지간한 변화는 눈치 채지 못하니까요. 반면에 여자들은 외모의 변화를 잘 감지해 주고, 칭찬이 따르면 기분이 으쓱합니다. 그래서 "나, 뭐 달라진 거 없어?"라고 끊임없이 묻고, 그 질문에 남자들은 난처해합니다. 여자는 남자가 뭐 그리 무관심하냐고 말하고, 남자는 내가 뭐 족집게 점쟁이냐고 항변합니다.

단연코 여자들은 족집게가 따로 없습니다. "내 남자에게서 다른 여자의 향기가 난다"는 CF 문구, 그거 없는 말 아닙니다. 셔츠에 살짝 묻은 립스틱도 광학현미경으로 보듯 찾아내는 게 여자의 감각입니다. 모르는 척해서 그렇지 비상금 내역도 손바닥 보듯 환합니다. 그러므로, 이제부터 다윗과 골리앗 같은 이 승부에 전략을 세우시기 바랍니다.

여자의 외모 변화를 잘 읽을 수 있는 시각을 키우시라고 말씀드립니다. 십초만 스캔하는 데 집중하세요. 그리고 조금이라도 좋은 변화엔 칭찬을 넉넉히 첨가하시고요. 센스 없이 "몸이 좋아졌네~", "어제 입은 옷이 낫다" 같은 말은 접어 넣으시고요. 단, 이런 센스를 애인이나 부인이 아닌 직장동료나 다른 여성에게 자주 발휘하면 센스가 아닌 추파로 오해받을 수 있으니 주의하세요. 여러분, 잊지 마세요! 센스도 훈련이랍니다.

11

말 안 해도 **내 맘 알지?**

얼마 전, 20년 동안이나 연락이 끊겼던 친구를 만났습니다. 꽤 친했었는데 결혼해서 멀리 살고, 몇 번의 이사로 서로의 연락처를 챙기지 못했었습니다. 20년 만에 만난 친구는 너무나도 달라진 이미지로 저를 놀라게 했습니다. 풍겨오는 너그럽고 정숙한 이미지는, 오랜만에 만난 동창 앞에서 연출된 것이 아니라 자연스러움이 묻어났습니다. 내가 아는 학창시절과는 너무나 다른 친구의 태도는 어디서 온 건지 궁금할 따름이었습니다.

수업시간에 남학생에게 편지 쓰기, 핀컬퍼머 해 놓고 곱슬머리라고 우기기, 2교시 후 점심 도시락 먹고 냄새 풍기기, 수업 빼

먹고 남학교 축제 가기 등 친구의 학창시절 업적을 늘어놓자면 날을 새워야 할 정도입니다. 무슨 학생이 교실에서 공부하기보다 교무실에서 훈계받는 시간이 더 많았다고 하면 좀 뻥이겠지만, 담임선생님의 피로 유발 일순위였던 건 확실합니다. 그랬던 친구가 전혀 그렇지 않았을 것같이 변한 비결을 물으니,

"철든 거야! 나 몇 년 전부터 호스피스 봉사한다."

"처음엔 일주일에 한 번 갔는데, 이젠 두 번씩 가."

저는 친구의 말을 더 자세히 들으려고 의자를 당겨 앉았습니다.

많이 망설이다 시작한 호스피스 봉사가 6년째라는 친구는, 베테랑 전문가가 되어 말이 끊이지 않았습니다. 어쩌다 한 번 찾아오는 봉사자보다는 정기적으로 방문하는 봉사자에게 마음을 연다는 것, 마지막이 가까워 오면 가족을 참 많이 의지한다는 것 등등 신참 봉사자 가르치듯 열심입니다. 마지막 가는 길을 자식보다는 배우자가 환자들 곁을 지키는 경우가 더 많다는데, 아무리 사이가 안 좋았던 부부라도 위로하고 안타까워하며 조금씩 달라진다고 합니다. 그 갈라졌던 틈을 채워 주는 말이 있는데, 저보고 맞혀 보랍니다. "사랑해 아닐까?"라는 제 대답에, 그보다 "미안해", "고마워"라는 말이라고 친구가 답해 줍니다.

그 말을 들으면, 육십 평생을 남편의 폭언과 외도로 고생한 할머니도 잠겼던 마음을 풀고 엉엉 우신답니다. 오십대 부부는 서로 미안하고 고맙다고 주고받는 게 너무 애틋해서 두 손 꼭 잡고 놓지 못하기도 하고요. '미안하다', '고맙다'는 말의 위력이 얼마나 큰지 실감했다고 합니다. 아마 '사랑한다'는 말보다 더 구체적으로 마음을 전달하기에 그런 거 아닌가 생각됩니다. 어쩌면 떠날 사람이나 남겨질 사람에게 꼭 필요했던 말 아닐까요.

그러나, 유감스럽게도 부부간에 "미안하다", "고맙다"는 말이 잘 나오지 않습니다. 얼렁뚱땅 쉽게 지나가는 듯 말고 진심으로 전하기는 더 어렵습니다. 사랑하는 사이에 꼭 말로 해야 아냐고 생각하는 건 혼자만의 착각입니다. "말 안 해도 내 마음 알지?"가 아니라 정확하게 말로 표현하는 게 좋습니다. 영화 〈러브스토리〉의 "사랑하는 사람끼린 미안하단 말 않는 거래!"는 영화 속 표현으로 족합니다. 사랑하는 사람끼리 "미안하다", "고맙다" 하는 겁니다! 밑줄 쫙~!

Part 3

행복을 부탁해

01

행복을 **부탁해**

달그락 소리에 잠이 깹니다. 스무 살 저희 아들이 잠에서 깬 모양입니다. 검은 물감을 풀어 놓은 듯한 어둠 속에서 시간을 보니 새벽 세시가 조금 넘었습니다. 아마 아들은 이 어둠 속에서 혼자 놀다가, 밝은 빛이 퍼지기 시작하면 아침을 먹자고 저를 흔들어 깨울 겁니다. 하루를 버티려면 좀 더 자 둬야 할 것 같아 다시 눈을 붙입니다. 아들이 너~무 부지런하다고요? 안타깝게도 병원에서는 '수면장애' 라는 이름을 붙여 주네요. 저는 좀 특별한 아들의 엄마로 삽니다.

연구 좋아하는 어떤 기관의 연구에 의하면, 한 사람이 평생 흘리는 눈물의 양이 7리터 정도 된다고 하네요. 그렇지만 제가 쏟

아낸 눈물의 양은 이미 10리터 정도 되지 않을까 싶습니다. 타고난 울보라서가 아니라, 아들 덕분입니다. 제 눈물샘을 넘쳐나게 한 아들은 '자폐증' 이라는 장애를 갖고 있습니다. 벌써 떡 벌어진 어깨에 아빠 키를 훌쩍 넘어 청년 티가 나는데, 언어능력과 사회성은 2세 수준이라는 매정한 진단에 또 울 뻔했습니다.

처음 병원에서 자폐 진단을 받았을 때, 그 충격은 링 위에서 KO패 당한 권투선수의 기분이라 할까요(그것도 한방에 쓰러져서 다시는 못 일어날 것 같은). 그때부터 저는 슬픔과 불행과 친해졌습니다. 조용필 씨의 노래 가사에 "웃고 있어도 눈물이 난다"는 구절이 있는데 그게 제 모습이었습니다. 밤에 잠자리에 누우면서 아들과 함께 다시는 눈뜨지 않기를 간절히 바랄 만큼 제가 감당해야 하는 슬픔은 너무나 커 보였습니다. 그렇게 저는 불행 앞에 무장 해제, 속수무책이었습니다.

그런 제게 행복을 찾아 준 것도 아들입니다. 생명의 끈으로 연결된 모자지간이라서 그런지 언어능력이라곤 전혀 없는 아들이지만, 아들의 눈을 보면 아들이 뭘 원하고 바라는지 알 수 있습니다. 몇 해 전, 아들을 품에 안고 노래를 불러 주다가 제 감정에 못 이겨 흐르는 눈물을 감추지 못했습니다. 그런 저를 보고 걱정되는 얼굴로 연신 제 눈물을 닦아 주며 아들이 눈으로 하는 말, "사랑하는 엄마! 저 때문에 슬퍼하지 마세요. 저는 엄마가 행복했으면 좋겠어요!" 그 눈빛이 너무나 진지해서, 그때 깨달았습니다. 아들이 바라는 건 불행한 엄마가 아닌, 행복한 엄마의 모습이었다는 걸.

아들 덕분에 행복을 볼 수 있게 됐습니다. 아무것도 볼 수 없었던 어둠 속에서, 더 이상 울지 않고 제 손으로 불을 밝혀 아름다운 것들을 보겠다고 약속했습니다. 그 어떤 불행과 좌절, 슬픔도 제 허락 없이 제 안에 들어올 수 없다는 것도 알았습니다. 지금도 불행과 좌절이라는 불청객이 찾아오지만 마음의 문단속을 잘 하고 있는 중입니다. 행복하라고 당부하는 아들의 눈빛이 있기에, 오늘도 없는 힘까지 끌어 모아 힘차게 하루를 보냅니다.

누군가 당신의 행복을 간절히 바라고 있습니다.
여러분, 행복하세요!
인생은 불행하게 살기엔 너무 아깝습니다.

02

당신을 **응원합니다**

묻지도 따지지도 말고, 행복해야 할 것 같은 세상입니다. 책이나 유명 강사들을 통해 '행복 노하우'가 넘쳐납니다(저도 그중의 한 명입니다^^). 그들이 말하는 것마다 다 맞는 말입니다. 게다가 전해 주는 '노하우'도 참 쉽습니다. 그런데도 우리가 행복하지 못한 건, 그렇게 잡기 쉬운 행복을 놓치고 있는 아둔한 우리 자신 때문인가 봅니다.

한 가난한 소년이 일을 마치고 집에 올 때마다, 멀리 강 건너편에 있는 집이 황금 유리로 반짝이는 걸 보았습니다. 소년은 '아, 저렇게 비싼 황금 유리집에 사는 사람들은 얼마나 행복할까? 저 집에 가 보고 싶구나'라고 생각하며 자신의 처지를 비관했습니다. 그러다 하루는 큰 결심을 하고 그 '황금집' 을 찾아갔습니다. 그러나 그 집과 유리창은 황금이 아니라, 노을을 받아 황금빛으로 빛날 뿐이었습니다. 소년이 허무한 확인을 하고 강 건너를 바라봤을 때, 노을을 받아 황금빛으로 반짝이는 자신의 집이 눈에 들어왔습니다.

옛날에 병으로 시달리던 성주가 있었습니다.

한 지혜로운 사람이 "병을 고치려면 항상 만족한 생활을 하는 사람의 양말을 신어야 한다"고 성주에게 말했습니다. 성주는 즉시 전 영토를 뒤져 그 사람을 찾아 오라고 명령했습니다.

여러 달이 지나 신하들이 돌아왔으나 빈손이었습니다.

"항상 만족하는 사람을 찾았는가?"

"네, 우여곡절 끝에 한 사람을 찾았습니다."

"그런데 어째서 빈손인가?"

"그 사람은 양말을 살 형편이 못 되는 사람이었습니다."

1908년 제임스 해밀턴 박사의 사무실에 수척한 모습의 환자가 찾아와 말했습니다.

"저는 우울증에 걸렸습니다. 어디서도 행복과 기쁨을 찾을 수 없습니다." 듣고 있던 해밀턴 박사는 "당신은 웃음이 필요합니다. 당신에게 웃음을 주는 사람을 소개해 주겠습니다"라고 말했습니다. 그러자 그가 물었지요.

"그게 누굽니까?" 박사는 이렇게 대답했습니다.

"오늘 밤 서커스에 가서 그리말디라는 광대의 연기를 보세요. 그가 당신에게 웃음을 선사할 것입니다."

이 말이 끝나자마자 환자가 말했습니다.

"박사님! 제가 그리말디란 말입니다."

인생을 압축하고, 또 압축해서 한 방울 짜낼 게 있다면 그것은 바로 '행복'입니다. 행복은 자신이 심고 가꾸어야 할 나무입니다. 누구라도, 불행을 느낀다면 행복도 느낄 수 있다고 합니다. "행복한 사람은 자신이 가진 걸 사랑하고, 불행한 사람은 남이 가진 걸 사랑한다"고 했습니다. 아름다운 인생의 숲 속에, 당신이 가꾼 '행복의 나무'가 무성하길 응원합니다!

03

참 다행입니다

눈길 두는 곳마다 시멘트 구조물뿐인 아파트촌, 곳곳에 심긴 나무가 있어 숨통이 트입니다. 눈송이를 얹고 서 있는 나무 군락은, 어릴 적 흠모했던 서양의 그림엽서처럼 좋은 그림을 만들어 냅니다. 바람의 손길 없이는 손 한번 흔들지 않는 태생적 과묵함은 나무의 자랑인지 미련함일는지요. 일생에 전혀 비대함을 허락지 않는 나무들의 절제는 배우고 싶은 덕목입니다. 설거지하는 주방 창밖으로 보이는 풍경이 제법입니다.

일층에 살아서 좋은 점 몇 가지가 있습니다. 먼저는 음식물 쓰레기 버리기 좋고, 엘리베이터 신경 안 써서 좋습니다. 무엇보다 제일 좋은 건 나무들과 가까이 있다는 겁니다. 덕분에 계절의 변화도 빨리 알고, 눈도 즐겁습니다. 물론 일층에 살아서 안 좋은 점도 많습니다만(^^).

나무의 생명력은 놀랍습니다. 뿌리에서 물과 영양분을 흡수해서 나무 끝까지 쉼 없이 펌프(?)를 가동합니다. 몇 미터에서 백 미터 정도 되는 높이까지 말입니다. 한 해 동안 나무가 끌어 올리는 물의 양은 어마어마합니다. 그렇게 몇 백 년을 거뜬히 지냅니다.

또, 좋은 일의 선두주자입니다. 해로운 이산화탄소를 집어 삼키고는 맑은 산소를 배출해 줍니다. 온 몸에 물을 가두어 홍수를 막아 주기도 합니다. 새들과 곤충의 아늑한 집이 되어 주기도 하고요. 최고 절정은, 각종 맛있는 열매를 제공해 주는 나무의 헌신입니다.

말이 길었습니다. 모든 게 나무의 타고난 생리작용이었다고 하셔도 할 말이 없습니다. 그런데 '나무 같은 사람이 있으면 어떨까?' 하는 생각이 듭니다. 과묵하고, 절제하며, 부지런하고, 많은 걸 내어 주는 나무 같은 사람. 아마 그런 사람을 세상은 바보라고 부를지도 모릅니다. 그래서 나무 같은 사람을 보기 힘든가 봅니다. 그래도 우리 곁에 나무가 있어 참 다행입니다.

04

행복을 부르는 **꼬리표**

1938년, 석탄과 공기와 물을 원료로 거미줄보다 가늘고 강철보다 강한 실로 짜 낸 놀라운 섬유가 개발됐습니다. 미국 듀퐁사(社)에서 개발한 '나일론(Nylon)' 입니다. 아무래도 우리에겐 '나이롱' 이 입에 붙습니다. 섬유로서의 용도보다 '나이롱 신자', '나이롱 환자' 라는 말이 더 많이 쓰이는데 그 의미가 좋은 뜻은 아닙니다. 기준에 맞지 않거나, 속이는 것이라는 의미를 품고 있지요. 대공황 시절에 어마어마한 투자비를 들여 개발한 성과물이 이런 취급을 받는 걸 알면 개발자들 속 좀 상하겠습니다.

어릴 적, 제 별명이 '나이롱 딸' 이었습니다. 한 동네 사는 엄마 친구분이 붙여 준 별명인데, 위의 '나이롱' 하고는 해석이 좀 다릅니다. '나일론' 이 처음 나왔을 때 질기고, 가볍고, 건조가 빠르고, 빛깔까지 고와서 아주 인기가 많았다는 겁니다. 제가 엄마의 심부름이나 집안일도 많이 도와 드리고, 반항 없이 순종하는 걸 보고 '좋은 딸', '효도하는 딸' 이라는 뜻으로 붙여 주신 별명입니다. 그 별명을 갖고부터 저는 더더욱 부모님께 좋은 딸로 살려고 노력했고, 그만큼 어른들의 칭찬은 늘어났습니다.

심리학에 '라벨 효과' 라는 말이 있습니다. 사람은 자신에게 붙여진 꼬리표대로 변하는 습성이 있다고 합니다. 제가 엄마 친구분이 만들어 준 꼬리표인 '나이롱 딸' 이 되려고 노력했던 것처럼요. 미국의 아동 심리학자 기노트 박사는, 아이에게 "너는 항상 느리고 꾸물거린다" 고 말하면 아이는 정말로 행동이 느려진다는 것을 자신의 실험을 통해 밝혔습니다. 반대로 "너는 인사를 잘하는구나" 라고 하면 정말 인사를 잘하는 아이가 될 확률이 높다고 합니다. 칭찬이 고래를 춤추게 하는 거, 바로 '라벨 효과' 덕입니다.

다른 사람이 붙여 준 꼬리표도 영향력이 크지만, 자기 자신이 만들어 붙이는 경우는 더 큰 영향력을 발휘합니다. 자신에게 '나는 잘하는 게 없어' 라는 꼬리표를 붙인다면 모든 일에 자신감이 떨어지게 됩니다. '나는 잘할 수 있다' 라는 꼬리표로 바꿀 때 더 능력을 발휘할 수 있는 겁니다.

많은 학자들이 '자존감' 과 '긍정적 자아 이미지' 를 행복과 성공의 가장 큰 조건으로 꼽는 이유가 여기에 있습니다. 그래서 유명한 스포츠 팀이나 스타에게는 마인드컨트롤을 담당하는 트레이너가 따로 있습니다.

하루를 시작하는 아침, 어떤 꼬리표를 붙이고 나가시겠습니까? 또, 함께하는 가족이나 동료에게 어떤 꼬리표를 붙여 주시렵니까? 긍정적인 꼬리표를 여러 개 준비해 두시면 좋겠습니다. 자신에게도 붙이고, 다른 사람에게도 붙여 주시고요. 세상에 공짜가 없다지만, 감사하게도 이 꼬리표는 무료랍니다.

저는 매일 아침 〈행복하기로!〉라는 꼬리표를 붙일 겁니다. 특별히 여러분께도 붙여 드리겠습니다. 행여나 잃어버리지 마시길 부탁드립니다!

05

대박이
뭔데?

5! 4! 3! 2! 1! 때엥~. 2013년을 알리는 시보가 울리자, 새해 인사를 전하는 지인들의 메시지로 스마트폰이 불이 납니다. 스마트폰 덕에 동영상 새해 인사도 받고, 다양하고 기발한 메시지가 가득하네요. 한동안 뜸했던 친구가 보낸 이모티콘도 있고, 격려와 축복의 언어들이 그 어느 때보다 풍성히 들어 있습니다. 오고 가는 인사가 흐뭇해서 더도 말고 덜도 말고 새해 인사처럼만 되면 좋겠습니다.

오고 간 축복의 언어 중에 단연 1위는 "대박 나세요", '대박'입니다. 몇 해 전까지만 해도 "부자 되세요~"가 대세였는데 인사말에도 트렌드가 있나 봅니다. '어떤 일이 크게 이루어짐' 이란 뜻을 가진 '대박' 이 단순명료하면서도, 넓은 뜻을 갖고 있어 인기네요. 수능 대박, 흥행 대박, 대박 식당, 로또 대박, 대박 상권, 대박 커플…, 어디에 붙여 놓아도 뭔가 좋은 기운이 솟아날 것 같습니다. 모든 사람들이 '쪽박' 보다는 '대박' 을 꿈꾸니까요.

그런데, 정작 '대박 났다' 는 사람을 보기 힘든 게 현실입니다. 쉽게 이룰 수 있다면 대박이 아니겠지요. 그렇게 대박은 꿈으로만 남는 건가요? 새해 인사말로나, 또는 사춘기 중고생들의 대화에 추임새로나 쓰이는 게 대박인 것 같습니다. 아이들은 말끝마다 "우와! 대~박" 이라고 하더군요. 진짜 대박은 따로 있다고 생각하는데….

수많은 새해 인사에, 대박에 대한 저의 생각을 정리해서 답을 보냈습니다.

살아 있다는 거 대박!

젊다는 거 대~박!

건강하다는 거 대~~박!

가족이 있다는 거 대~~~박!

할 일이 있다는 거 대~~~~박!

나와 친하다는 거 왕 대~~~~~박!

여러분, 이미 '대박' 나셨습니다! 감사로 가득한 새해 되소서!

06

너의 죄를 **사하노라**

"너의 죄를 사하노라!" 속칭 '빈느님' 이 출연했던 드라마가 인기 절정이던 시절, 남편과 딸에게 드라마 속 흉내를 내며 낄낄대던 때가 있었습니다. 남편과 딸의 어깨에 손을 얹고 대사를 읊을 때, 재미도 있지만 왠지 마음이 넓은 사람이 된 느낌이 들더군요. 그래서 꽤 자주 써먹었습니다. 덕분에 까칠하게 따져 물어야 할 일에도, 그냥 넘어가 주는 '아량' 을 베풀기도 했지요.

'너그럽고 속이 깊은 마음씨' 를 '아량' 이라고 합니다. 너그럽다는 말은 상대방의 작은 잘못이나 실수에 시시비비를 가리지 않고 덮어 주는 것을 말하지요. 또 '너그러운 사람' 이라는 말은 듣기 좋은 말이고요. 그러나 정작 너그러운 사람을 찾아보기 힘든 것 같습니다. 날마다 대중매체에서 접하는 많은 사건사고들이, 아주 사소한 시비에서 시작되는 것을 너무나 많이 봅니다.

시골 마을 수박밭에서 마을 청년들이 수박 한 통을 서리했습니다. 그것을 안 수박밭 주인은 화를 내며 다시는 수박 서리를 못 하게 조치를 취했습니다. 수박밭의 수박 한 통에 독약을 주사하고, '이 수박밭에는 독이 든 수박 한 통이 있다!' 라는 팻말을 세워 놓은 겁니다. 다음 날 아침 가벼운 마음으로 수박을 따러 간 주인은 깜짝 놀랐습니다. 자신이 세워 놓은 팻말 옆에 '이 수박밭에는 독이 든 수박이 두 통 있다. 하나는 주인이 놓은 것이고, 하나는 우리가 놓은 거다!' 라는 팻말이 서 있었던 것입니다.

상점을 운영하던 A는 건너편에 새로 생긴 상점 때문에 무척이나 기분이 상했습니다. 급기야 건너편 상점을 비방하기 시작했고, 서로 다투는 사태까지 벌어졌습니다. 긴 다툼 때문에 양쪽 가게에 손님이 끊어지자, 이를 불쌍히 본 천사가 다툼을 해결하려고 A를 찾아와 소원을 들어 주겠다고 말했습니다. 무엇이든 건너편 가게 주인을 위해 빌어 주면 그 두 배를 A에게 주겠다고 했습니다. 그러자 A가 독하게 말했습니다.

"그 놈의 한쪽 눈을 뽑아 주시오!"

살기가 팍팍해서 그런지 '너그러움' 을 찾아보기가 어렵습니다. 너그러움보다는 '앙심' 이 더 빨리 마음속으로 들어오기도 하지요. 하지만 조금 손해 볼 때, 조금 억울할 때, 조금 기분 상할 때 마음속으로 우아하게 "너의 죄를 사하노라~" 해 보면 어떨까요? 용서는 상대방보다는 나를 위한 일이라고 하잖아요. 아파트 평수 넓히기만큼이나 쉽지 않겠지만, '아량' 좀 넓혀 보자고요!

07

"5만 원 **벌었잖니!**"

십년 전쯤의 일입니다. 운전을 시작하고 자가 운전의 맛을 들일 무렵, 한적한 길의 신호대기 중에 옆 차선의 냉동차가 창문을 내리고 빵빵거립니다. 길을 묻나 싶어 창문을 내렸더니, 제주산 '옥돔'을 싸게 줄 테니 사라는 것이었습니다. 구경이나 해 보라며 차를 대고는, 백화점에 납품하고 돌아가는 길인데 한 상자가 남았으니 15만 원 짜리를 5만 원에 준다며 'ㅇㅇ수산' 이라는 명함을 내밀었습니다. 옥돔을 본 적은 없지만 고급 생선이라는 말은 들었던 터라 싼값에 맛을 볼 요량으로 덜컹 구입했습니다.

그동안 밑반찬이며 김치까지 얻어먹은 신세를 갚을 겸, 언니와 나누어 먹으려고 옥돔을 가지고 언니네로 향했습니다. 귀한 생선을 싸게 산 걸 자랑하는 내게 생선을 살펴보던 언니 왈,

"야, 이거 옥돔 아니야! 완전 못 먹을 거 속아서 샀구먼."

"그럴 리가 없는데, 또 필요하면 주문하라고 명함까지 줬는데."

석연치 않은 마음으로 명함의 번호로 전화를 걸었지만, 없는 번호라는 응답만 들렸습니다. 5만 원의 돈도 아깝지만, 쉽게 속아 버린 내가 바보 같아 며칠을 아주 우울하게 보냈습니다.

시골에 계신 친정엄마와 통화하면서 옥돔에 속은 얘기를 꺼냈습니다. 당시로서는 꽤 큰돈이었던 5만 원의 아까움도 하소연했습니다. 너무 속상해서 그렇게 좋아하던 생선도 보기 싫다고 했더니 엄마가 말씀하십니다.

"얘, 그래도 10만 원에 안 산 게 어디냐! 5만 원 벌었잖니!"

엄마의 황당한 계산법이 효험이 있어서, 그나마 마음을 풀고 웃을 수 있었습니다.

반백년 가까이 살다 보니 속는 일도, 생각지 않게 손해 보는 일도 생깁니다. 그럴 때마다 억울하기도 하고 속상한 마음이 어쩔

수 없이 따라옵니다. 큰 범죄로 여길 만큼의 사건은 법과 경찰의 도움을 요청해야 하지만, 그러기에도 곤란한 내용이라면 온전히 내가 해결해야 할 몫입니다. 그런데 뾰족이 해결할 방법이 없다면, 억울하고 속상한 내 마음부터 위로해 줘야 합니다. 내가 입은 손해보다 나 자신이 더 소중하니까요.

그 뒤로도 가끔 친정엄마의 황당한 계산법을 써먹었습니다. 금전적인 손해나 손실뿐만 아니라 사람과의 관계나 모든 상황에도 이 계산법은 유용합니다. 작은 불행을 큰 불행과 비교하면 별거 아닌 게 되는 이치라고 할까요. 그래서 작은 접촉사고로 생긴 차의 상처 때문에 속상해하는 남편에게, "그래도 사람 안 다친 게 어디야!"라고 웃어 보입니다. 물론 속으로 '운전 좀 잘하지'라고 올라오는 녀석을 누르고 하는 말이긴 하지만요(ㅜㅜ).

08

고무줄로 **뭘 재나요!**

"예쁜 여자 술 취하면 귀엽다고 하고, 못생긴 여자 술 취하면 못 봐 주겠다~" "예쁜 애가 공부 잘하면 못 하는 게 없다 하고, 못생긴 애 공부 잘하면 그거라도 잘해야지~" 요즘 뜨는 '용감한 녀석들'의 노랫말입니다. 미모에 따라 달라지는 고무줄 잣대를 꼬집는 건지, 못생긴 사람 정신 차리라는 건지 애매모호합니다. 노래가 아니더라도 세상, 특히 남자들은 예쁜 여자에 빠져(?) 있습니다.

유명 모터쇼에 가 보면 수많은 남자들이 레이싱걸에 눈길을 주느라 눈이 바빠집니다. TV 속 여자들은 다들 예쁩니다. 가수도 아나운서도 걸어 다니는 인형 수준입니다. 못생긴 얼굴은 개

그의 소재(?)로 쓰일 뿐입니다. 미모에 따라 역할도 인기도 소득도 달라지니 성형으로 외모를 업그레이드시키려 합니다. 이에 뒤질세라 TV 밖 여자들도 성형외과를 찾습니다.

영국 경제 전문 잡지 〈이코노미스트〉의 발표에 의하면 우리나라가 천 명당 성형 인구 세계 1위라고 합니다. 텍사스 대 경제학과 교수인 대니얼 해머메시의 연구에 의하면, 예쁜 여자의 소득이 평균보다 8퍼센트 더 높다고 합니다. 못생긴 여자와의 격차는 12퍼센트나 된다고 합니다. 사회적으로 미모에 경쟁력을 부여해 주었다는 얘기입니다.

외국의 사례지만 우리나라도 크게 다를 것 같지는 않습니다. 그냥 웃어넘기기엔 '보통 얼굴'을 가진 저는 정말 씁쓸합니다. 결혼 시장은 외모의 가치를 높이 사는 곳 중의 하나입니다. 한 결혼정보회사의 설문조사 결과 남자는 여성의 외모를, 여성은 남자의 경제력을 최고의 결혼 조건으로 삼는다고 합니다. 이런 남자들에게 들려주고 싶습니다.

"예쁜 여자 만나면 3년이 행복하고, 착한 여자 만나면 30년이 행복하고, 지혜로운 여자 만나면 3대(代)가 행복하다." 인터넷에 나온 말입니다. "그냥 3년 행복하고 말겠다!"는 댓글도 있었지만, 결혼을 앞두고 새겨볼 내용입니다. 그러나 외모의 경쟁력을 뛰어넘을 수 있는 조건도 많습니다. 좋은 성격, 업무 능력, 밝은 미소, 부지런함, 친절함 등등. '외모'라는 거울 뒤에 숨겨진 보석을 찾아보기 바랍니다.

외모에 빠져서 이런 것들을 놓친다면, 간판이 허름하다고 '최고의 맛집'을 그냥 지나치는 것과 같습니다. 여러분! 기억하시기 바랍니다. 외모에 따라 늘어나고 줄어드는 고무줄로는 어떤 것도 제대로 잴 수 없습니다.

09

선행(善行)은 **선행(先行)입니다**

소아마비를 앓는 시카고의 한 아이가 오스트리아의 로렌즈 박사를 초청해 치료를 받아 건강이 회복되었다는 소식이 크게 보도되었습니다. 같은 마을에 사는 한 소년도 같은 병을 앓고 있었으나 어려운 가정형편 때문에 포기해야 했습니다.

어느 날 로렌즈 박사가 산책을 하다가 갑자기 비를 만나, 이 소년의 집에 잠시 쉬기를 청했습니다. 그러나 로렌즈 박사인 줄 몰랐던 소년의 어머니는 냉대하며 거절했습니다. 나중에 이 어머니는 자신이 쫓아낸 사람이 로렌즈 박사였음을 알고, 후회로 가슴을 쳤습니다.

한 부자가 불만에 찬 소리로 친구에게 말했습니다.

"내가 죽을 때 전 재산을 기부하겠다고 했는데도 왜 나를 수전노라고 비난하는지 모르겠어!"

그러자 친구가 돼지와 암소 이야기를 했습니다.

"돼지가 암소에게 불평했지. '나는 사람들에게 베이컨과 햄, 심지어 발과 털까지도 제공해. 그런데 사람들은 왜 암소 너를 더 좋아하지?' 그러자 암소가 말했네. '그건 나는 살아 있을 동안에도 사람들에게 유익한 것을 주기 때문일 거야.'"

은평구 수색동의 허름한 단독주택, '사랑방'이란 문패가 보입니다. 환경미화원 이모씨가 가족처럼 돌보는 세 명의 장애인이 생활하는 곳입니다. 주변에서 이씨는 '두 집 살림'하는 환경미화원으로 통합니다. 부인과 자녀들이 사는 집과, '사랑방' 문패가 달린 집. 네 식구가 함께 도란도란 살아도 누가 뭐랄 사람 없는데, 몸이 불편한 '사랑방' 식구들을 물심양면으로 챙기는 선행(善行)을 미루지 않습니다.

우리의 본성 속엔 '선행(善行)'이라는 DNA가 있습니다. 나뭇가지처럼 말라서 죽어 가는 극빈국의 굶주린 아이들, 가난과 희귀병으로 슬픔에 빠진 가정, 자연재해의 고통을 겪는 이웃을 보면 마음속으로 도움을 다짐해 봅니다. 그런데 이 다짐이 실행으로 옮겨지는 게 쉽지 않습니다. 마음과 달리 내 형편이 나아진 다음으로 미루게 되는 게 다반사입니다. 도움을 주지 않겠다는 게 아니라, 단지 능력이 될 때까지 미루는 것이라고 합리화시키기도 합니다.

세상에서 가장 먼 거리가 머리에서 마음까지라지만, 마음에서 손까지의 거리도 만만치 않게 먼 것 같습니다. 벼르고 미루다 보면 희미해지는 게 마음입니다. '선행(善行)'은 '선행(先行)'될 때 더 가치 있는 거 아닐까요. 지금이 도움의 손길이 필요한 사람에게 절실한 때입니다. 선행을 베풀 가장 좋은 시기는 바로 지금입니다. 행여 아주 안 하는 것보다는, 늦게라도 하는 게 더 낫긴 합니다만.

10

욕심 내세요

시중에 떠도는 '얄미운 여자(부러움의 대상) 중년여성 편' 순위를 알고 계시나요? 3위는 '실컷 먹고도 살 안 찌는 여자', 2위는 '과외 한 번 안 시키고 애를 SKY대 보낸 여자', 1위는 '성격도 좋고 잘생기고 연봉 2억이 넘는 남편하고 사는 여자' 라고 합니다. 쉽게 찾아보기 힘든 경우라서 위안이 되긴 합니다만, 솔직히 부러움을 넘어 시샘까지 하겠네요. 그렇다고 공부 안 하는 애들이랑, 소파에 처진 배를 들이대고 누워 있는 남편을 째려보진 마세요. 대신에, 2억이 넘는 연봉자가 될 수 있는 방법을 가르쳐 드릴게요.

우리 몸은 호르몬 공장이라고 해도 과언이 아닙니다. 이름도

다 기억하기 어렵게 많은 호르몬을 가지고 있지요. 호르몬은 성장, 생식과 기타 세포활동 조절로 체내 환경 유지에 기여한다고 합니다. 건강한 생활을 위해 균형 잡힌 호르몬 작용이 필수라지요. 이렇게 우리 몸에 꼭 필요한 호르몬을 값으로 따지자면 어마어마할 겁니다. 우리가 한 번 크게 웃을 때, 우리 몸에서는 T림프구,감마인터페놀,NK세포 등 무려 70만 원어치의 면역물질이 나온다고 합니다. 하루에 한 번 크게 웃으면 한 달에 2,100만 원, 1년에 2억이 넘는 돈을 버는 거지요.

온 가족이 같이 여러 번 웃으면 그 액수는 기하급수로 늘어나겠죠. 그까짓 거 누구나 다 하는 거라고요? 웬걸요, 하루에 한 번 호탕하게 크게 웃는 거 쉽지 않습니다.

우리가 웃으면 엔돌핀은 많아지고 스트레스 호르몬인 세로토닌은 감소해서 행복도가 높아진답니다. 웃음은 '21세기의 불로초'라는 말이 있습니다. 우리 모두가 태생적으로 대륙의 황제 진시황도 구하지 못한 불로초를 가지고 있는 겁니다. 오늘 얼마만큼의 불로초를 드셨나요? 나누어도 줄지 않고 나누면 나눌수록 좋은 명약을 지금 바로 욕심내세요! 어디, 2억이 뉘 집 애 이름입니까~.

11

냄새는 없어져도 **향기는 남습니다**

"떡 먹을 사람, 여기여기 붙어라!"

방앗간 집 딸이 금방 뽑은 가래떡을 들고 나와 아이들을 유혹합니다. 공터에서 놀던 아이들이 참기름 냄새를 풍기는 그 아이 곁으로 모여듭니다. 어릴 적 시골의 가게는 살림방이 붙어 있는 구조라서 가겟 집 아이들은 저마다 특유의 냄새를 가지고 있었습니다. 방앗간 집 딸에겐 고소한 참기름 냄새, 생선가게 집 아들에겐 생선 냄새, 한약방 집 딸에겐 한약 냄새…. 그렇게 시골 동네 아이들은 냄새와 함께 무럭무럭 자랐습니다.

동네의 유일한 이층집, 학교재단 이사장 집 딸에게서는 우리와 다른 냄새가 났습니다. 그 아이가 지나갈 때면 엄마가 아끼는

'다이알비누' 냄새보다 더 좋은 냄새가 풍겼습니다. 좋은 냄새가 나는 그 아이는 우리와 놀아 본 적이 없었을 뿐만 아니라, 대놓고 우리를 하대(下待)하는 게 느껴졌습니다. 가정교사 수업뿐만 아니라 별도로 그림, 피아노 레슨으로 바쁜 그 아이는 사시사철 콧물이나 달고 산으로 들로 놀러 다니는 우리의 상대가 못 되었나 봅니다. 학교에서도 흰밥에 든 검은 콩처럼 겉돌더니, 결국 도시로 전학을 가 버렸습니다.

한때는 그 아이를 무척이나 부러워했습니다. 넓은 정원이 있는 이층집, 멋진 자가용과 신데렐라나 입었을 법한 예쁜 원피스, 그 집 식모 언니 말로는 입에서 살살 녹는 케이크도 매일 먹는다고 했습니다. 그런데 점점 자라 인생을 살아 보니 생각이 달라집니다. 가엾은 그 아이는 고무줄놀이의 재미도, 우리 동네 뒷산에 신기한 동굴이 있다는 것도, 내가 뜯어 온 쑥으로 엄마가 맛있는 쑥떡을 만든다는 것도, 도랑 속에 다리가 나온 올챙이가 산다는 것도 모르고 어린 시절을 보낸 겁니다. 몸이 아파 학교를 쉬고 있다는 소식을 끝으로, 고급 향수에 싸인 그 아이의 소식은 끊겼습니다.

사람마다 특유의 향기가 있습니다. 향기에 신경을 많이 쓰기에 혹여나 몸에서 불쾌한 냄새라도 날까 열심히 씻고, 값비싼 향수를 뿌리기도 합니다. 자동차에도 화장실에도 열심히 방향제를 구비해 놓습니다. 좋은 향기가 나는 공간엔 오래 머물고 싶고, 좋은 향기가 나는 사람은 함께하고 싶습니다. 그렇지만 악취가 나는 공간과 사람에게선 속히 벗어나고 싶은 게 본능입니다.

냄새로 맡는 향기도 있지만, 눈으로 마음으로 느끼는 향기도 있습니다. 부드러운 목소리 톤과 말 한마디, 걷거나 앉아 있을 때의 자세, 손짓이나 미소, 호탕한 웃음으로도 향기를 드러냅니다. 온화한 눈빛으로도 향기를 낼 수 있지요. 이 향기는 코로 맡는 향기보다 더 우리를 끌어당깁니다. 냄새는 없어져도 향기는 남습니다. 당신은 어떤 향기를 가지고 계신가요?

수만 송이의 꽃으로 만들어진 향기보다, 당신이 만들어 내는 좋은 향기에 취하고 싶습니다!

Part 4

세상사 마음먹은 대로 될까마는

01

침묵이 금이냐고 **물으신다면**

1995년 6월 29일, 편법의 수치를 드러낸 부끄러운 사고가 발생했습니다. 501명의 생명을 앗아간 삼풍백화점 붕괴사고입니다. 이미 건물의 구조적 결함이 있었고, 사고 당일 눈에 띄는 붕괴 조짐이 감지됐는데도 직원들과 쇼핑객을 대피시키지 않은 '인재(人災)' 였습니다. 처참한 잔해 속의 구조 장면을 TV로 보며 한 생명이라도 더 구조되기를 간절히 바랐던 건 저뿐만이 아닐 겁니다. 기적같이, 열흘이 넘도록 생명의 끈을 붙잡고 구조된 세 명의 생존자들은 영웅으로 보였습니다.

사고 후, 생존자들에게 집중적으로 인터뷰가 이어졌습니다. 깜깜한 어둠과 죽음의 공포 속에서 살아 온 그들의 많은 얘기가 있었습니다. 그중에서도, 간절하게 '말'이 하고 싶었다는 한 생존자의 인터뷰가 기억에 남습니다. 잔해 속에서 열흘 넘게 견뎌야 했던 건 두려움과 배고픔만이 아니었던 겁니다. 도대체 '말'이 뭐길래 말이죠.

인간은 끊임없이 말을 하며 살아가는 존재입니다. 말을 통해 자신을 표현하고, 다른 사람의 생각을 전달받으며, 말이 통하는 사람과 친해지고, 말로 신뢰를 쌓아 갑니다. 말 많은 사람은 비호감으로 찍히지만, 말 잘하는 사람은 부러움의 대상이 되기도 합니다. 때론 수많은 말이 오고 가는 가운데 씻기 어려운 상처를 주고받으며 말의 수위를 넘습니다. 분명, 말은 소통의 큰 역할을 하지만, 자신과 상대의 인격을 깎아내리기도 합니다. 그렇기에 본전도 못 찾는 말보다, 침묵을 택하는 게 나을 때가 있습니다.

어떤 수도사에게 한 여인이 찾아와 "남편과의 다툼 때문에 살 수가 없다"고 하소연했습니다. 수도사는 물이 담긴 병을 하나 주면서 "이 물은 신비로운 물입니다. 남편과 다투기 전에 이 물 한 모금을 입에 물고 삼키지 마십시오"라고 했습니다. 여인은 남편과 다툼이 일어날 때마다 그렇게 했습니다. 그러자 가정이 조용해지고 화목해졌습니다. 여인이 수도사를 찾아가 정말 신기한 물이라고 감탄하자 수도사가 말했습니다.

"그 물은 평범한 물입니다. 다만 침묵이 신비로울 뿐입니다."

1914년 파나마 운하가 건설되기 전, 건설을 맡은 총책임자는 여러 가지 곤란한 문제 때문에 골치가 아팠습니다. 지리적으로 불리한 여건과 악천후를 이겨야 하는 한편 "운하는 완공될 수 없다"는 부정적인 여론과 맞서야 했습니다. 그는 온갖 비난과 모략 속에서도 침묵을 지키며 성실히 일을 추진했습니다.

"왜 그런 모함을 듣고도 침묵하십니까?"

주위 사람들이 안타까워하며 물을 때마다 그는 "때가 되면 말하지"라고 답했습니다. "그때가 언제입니까?"라는 질문에, 그는 웃으며 "운하가 완공된 후!"라고 말했습니다.

2011년, 애리조나 총기 사건의 희생자 추모식. 추모식에 참석한 오바마 대통령의 연설은 명연설로 백악관에 기록되었습니다. 비통함으로 슬픔을 얘기하던 대통령이 51초 동안 말을 잇지 못하고 침묵했습니다. 이 장면은 '51초의 침묵' 이라며, 최고의 연설로 미국을 감동시켰습니다. 인도의 위대한 지도자 마하트마

간디가 남긴 “생의 순간순간마다 침묵이 최대의 웅변일 때가 있다”라는 말도 기억할 가치가 있습니다. 요즘은 좀처럼 듣기 어려워진 “침묵은 금(金)이다”라는 말에 한 표 던집니다!

02

친구
맞아?

꽈~악 막힌 고속도로에 버리는 시간이 아까워, 명절이 지나고 일주일 뒤에 고향에 내려갑니다. 마음까지 시원하게 뻥 뚫린 도로와 친정에서의 오붓한 시간에 대한 기대감으로, 밀려오는 작은 행복을 맛보는 시간입니다. 하루가 다르게 변해 가는 고향이건만, 그리 낯설지 않음은 부모님이 계신 곳이라서 그런가 봅니다. 가끔 삼사십년 전의 모습을 그대로 간직한 풍경이라도 만나면 반가움은 이루 말할 수 없습니다. 고향에 사는 사람들은 변화를 원하고, 고향 밖에 사는 사람들은 고향의 보존을 원하지요.

지나는 길에 있는, 모교 초등학교 울타리에 '반갑다. 친구야!'

라는 플래카드가 보입니다. 고향에서 활동하는 동창들이, 명절을 맞아 찾아오는 동창들을 위해 걸어 놓았나 봅니다. 문구가 고마워, 미소 한 번 짓게 됩니다. 어디서 뭘 하며 지내는지, 30년 세월이 흘러 길 가다가 만나도 그냥 몰라보고 스칠 친구들도 궁금합니다. 이제는 친구라고 하기도 어색할 텐데 말이죠.

"친구를 보면 그 사람을 알 수 있다"라는 말이 있다는데, 친구의 범위를 어디까지 두어야 할지 애매하기도 합니다. 어쩌다 만나는 친구의 친구도 친구로 포함하는 사람도 있고, 아는 사람 정도를 친구로 여기는 사람도 있습니다. 그래서 친구가 많음을 자랑하기도 하지요. 많든 적든 아무렴 어떻습니까. 그 먼 '강남' 까지 따라갈 만큼, 친구는 좋은 존재인데요. 그래도 가끔은 수(數)의 많고 적음을 떠나, '진정한 친구' 라고 할 친구가 있는지 확인하고 싶을 때가 있습니다.

옛날, 어느 부잣집 주인이 항상 친구가 많음을 자랑했습니다. 그러던 어느 날, 부인에게 "당신에게 친구가 많은 건, 당신의 돈 때문이에요. 술 사 주고, 밥 사 주니 사람이 꼬이는 거라고요!" 라는 핀잔을 들었습니다.

부자는 진정한 친구가 누구인지 알고 싶어, 특별히 친한 세 친구에게 이 말을 전했습니다. 그러자 첫 번째 친구는 "나는 자네에게 전 재산이라도 줄 수 있네"라고 말하고, 두 번째 친구는 "나는 자네를 위해 내 목숨까지도 버릴 수 있네"라고 하고, 세 번째 친구는 "나는 자네에게 줄 건 없지만, 자네와 함께해서 기쁘네"라고 우정을 과시했습니다. 부자는 크게 음식과 술을 나누며 기뻐했습니다.

부자가 집에 돌아와 부인에게 큰소리를 치자, 부인이 부자에게 제안을 합니다. 그들의 우정을 한번 시험해 보자고요. 부자는 깜깜한 새벽, 손수레에 거적을 덮은 멧돼지를 싣고 친구들 집을 찾아갑니다. 첫 번째 친구 집의 문을 두드리며 말합니다.

"여보게! 내가 실수로 사람을 죽였네. 날 좀 도와주게."

그러자 친구는 문도 안 열어 주고,

"이 사람아, 그런 곤란한 일로 나를 찾아오면 어쩌나. 그냥 돌아가게,"

라고 말합니다.

두 번째 친구에게 가서 똑같이 말하자,

"내가 사람을 잘못 보았구먼. 우리 사이는 없던 걸로 하세!"

라는 쌀쌀한 대답이 돌아옵니다.

부자가 실망하여 돌아가려다가 마지막으로 세 번째 친구에게도 찾아가 같은 말을 합니다. 그러자 그 친구는,

"여보게 얼마나 놀랐는가? 어서 들어와 어찌해야 할지 나와 상의하세!"

라며 급히 부자를 방으로 들입니다.

그날 부자와 세 번째 친구는 멧돼지로 잔치를 벌였습니다.

혹시 이 글을 읽고, 세 번째 친구 같은 진정한 친구를 찾으시겠다고요? 아닙니다, 여러분이 그런 친구가 되시는 겁니다. 왜냐하면, 그게 더 쉬울 테니까요(^^).

03

웃음만 팔지 말고 **이것도 팔아야**

미국 텍사스 주의 성공한 부동산업자에게 기자가 찾아와 인터뷰를 했습니다.

"이렇게 성공하게 된 비결은 무엇입니까?"

기자의 말에 부동산업자가 말했습니다.

"저는 그저 손님들의 말을 잘 들어 주었을 뿐입니다."

유명한 보험 세일즈 왕들도 말합니다.

"상품 설명보다 고객의 말을 많이 들어 주었습니다."

상품보다 먼저 '공감' 을 파는 고도의 세일즈 기법이지요.

최고 실적을 자랑하는 백화점 의류 매장의 매니저들도 '공감' 을 파는 고수들입니다. 두 개의 상품을 놓고 고민하는 고객에게,

둘 다 집에 가져가서 입어 보고 결정하시라는 파격적인 방법으로 매출을 올립니다. 아기용품을 사러 오는 초보 엄마에게는, 나중에 선물로 들어오는 것들이 많으니 천천히 구입하라는 조언을 합니다. 웬 떡이냐는 심정으로 이것저것 떠안기는 판매 방식보다, 더 단골 고객이 될 확률을 높여 줍니다.

그뿐인가요? 고객의 뒤를 따라다니며 제품을 설명하기보다 자유롭게 구경하도록 하고 꼭 필요한 설명만 전합니다. 그래서 아이쇼핑도 부담 없이 즐기게 해 줍니다. 특별히 나이가 높으신 고객에게는 "그 연세에는 이 상품이 잘 어울립니다"라는 멘트를 사용하지 않도록 합니다. 젊어 보이고 싶은 고객의 감정을 잘 반영한 세일즈 방식입니다.

광고 속에서도 공감 세일즈 기법이 많이 사용됩니다.

예전엔 "이래서 좋습니다! 꼭 사 주세요"라고 직설적으로 전달하는 방식이었습니다. 지금은 상품의 장점이나 효능을 앞세우기보다 소비자가 공감할 수 있는 광고에 중점을 둡니다. 'ㅇ카스' 광고나 보험회사의 '엄마~~' 광고를 예로 들 수 있지요. 소비자들로부터 '그래 맞아! 내 얘기네! 그랬었지!' 라는 공감을 이끌어

냅니다.

좀처럼 완독하기 어려운 책(너무 두꺼워요ㅜㅜ) ≪공감의 시대≫를 쓴 제러미 리프킨이 말했지요.

“공감은 갈수록 복잡해지는 사회적 교류와 인프라를 가능하게 하는 사회적 접착제이다.”

쉬운 얘기를 어렵게도 하네요.

우연히 들른 커피숍의 출입문에 ‘언제든지 우산을 빌려 드립니다’라는 예쁜 팻말이 붙어 있더군요. 우산을 빌린 적은 없지만 가게 주인의 너그러움에 마음이 흐뭇했습니다. 쉽게 말할게요. 상품보다 먼저 ‘공감’을 파세요. 그러면 완전 대~박!!

04

말 한마디
얼마나 될까요?

"말 한마디로 천 냥 빚을 갚는다"고 했습니다. 옛날 천 냥이면 지금의 2천만 원 정도라고 하네요. 우리나라 직장인 일인당 빚이 3,800만 원이라는데 말 한마디로 채무자의 옷을 벗을 수 있다면 한 마디 아니라 열 마디는 못 할까요?

과연 말 한마디로 갚을 수 있을지는, 누가 은행에 가서 시도해 보고 결과를 알려 주면 고맙겠습니다. 정찰제가 널리 시행되기 전엔 말 잘하면 물건 값은 깎을 수 있었습니다. 그만큼 성의 있는 말이 높은 가치를 갖는다는 얘기입니다.

한 심리학자가 실험을 했습니다. 여성 청중 중에 한 사람을 지명해서, 이제부터 당신에게 거짓말을 하겠다고 말했습니다.

"당신은 내가 본 여성 중에 제일 아름답습니다. 눈빛이 우아하고 웃는 모습이 아주 매력적입니다."

말을 마친 후 여성에게 기분이 어떠냐고 물었더니, "거짓말이라고 했지만 기분이 무척 들뜹니다"라고 답했습니다. 한동안 "칭찬은 고래도 춤추게 한다"는 말을 눈으로 귀로 엄청나게 흡입했습니다. 고래에겐 시도해 보지 못했지만, 딸에게 해 보았더니 엄마가 이상해졌다고 합니다. 칭찬도 습관처럼 해야 하나 봅니다. 그래도 싫지 않은 기색은 역력합니다.

온 동네 사람들의 눈살을 찌푸리게 하던 '골치 아픈 아이'가 있었습니다. 사람들은 "저런 녀석이 커서 뭐가 되겠냐"며 머리를 흔들었습니다. 그런데 어느 날, 한 할머니가 그 아이의 머리를 쓰다듬으며, "너는 말을 잘하고, 사람들을 끄는 재주가 있어. 이런 개성을 살리면 크게 될 거야"라고 말해 주었습니다. 이 한마디가 아이의 인생을 바꾸어 놓았습니다. 아이는 진지하게 앞날을 생각하고 소질을 계발했고, 세계적인 전도자가 되었습니다. 전 세계에서 가장 많은 사람에게 설교한 빌리 그레이엄 목사의 이야기입니다.

이처럼 격려의 말 한마디가 인생의 길잡이가 되기도 합니다.

중년의 나이에 직장에서 해고당한 남자가 있었습니다. 절망하며 집에 돌아가 아내에게 어렵게 얘기를 했습니다. 걱정과 달리 아내는 "정말 잘됐어요. 드디어 당신이 본격적으로 글을 쓰게 되었군요"라고 말했습니다. 돈 걱정하는 남편에게 그동안 모은 돈을 꺼내 놓으며 걱정하지 말라고 용기를 주었습니다. 아내의 말에 힘을 얻은 남자는 창작에 전념할 수 있었습니다.

너대니얼 호손의 명작 ≪주홍 글씨≫는 이렇게 해서 탄생했습니다. 그의 나이 46세 때 일입니다.

말 한마디로 천 냥 빚은 못 갚겠지만, 천 냥보다 더 값진 걸 줄 수는 있습니다. 칭찬과 배려와 격려와 용기를 주는 말들을 많이 사용해 보았으면 합니다. 입으로 하기 좀 쑥스럽다면 문자나 카톡, SNS를 이용하는 것도 좋은 방법이지요. 쇠뿔도 단김에 빼랬다고 남편에게 카톡을 날렸습니다. 닭살을 참으며, "당신 없이 백 년을 사느니 당신과 함께 하루를 살겠어용~." 이 남자 왈, "누구세요?", "우쒸!" 칭찬도 받아 본 사람이 받는 것 같습니다. 아니, 해 본 사람이 하는 건가요?

05

남자가 짧아도 너무 짧아

주말에 결혼식에 다녀왔습니다. 듣자 하니 신랑이 신부보다 네 살이 어리다고 하네요(부러웠습니다~). 요즘은 연상연하 커플이 무척이나 많아졌지요. 얼마 전까지만 해도 한두 살 차이 정도였는데, 근래엔 그 이상의 차이도 드물지 않습니다. 남자들의 수명이 여성에 비해 7년이나 짧으니 바람직한 현상이라고 말하는 분도 있습니다.

여자는 83세, 남자는 76세. 평균 수명의 차이가 꽤나 큽니다. 7년의 격차가 억울하다고 남자에게 사회적 차원의 보상을 해 달라는 인터넷글도 있더군요. 반대로 7년을 혼자 살아야 하는 여자들에게 국가적 보상을 해 줘야 한다는 댓글도 있고요. 이렇듯 짧은 남자들의 수명에는 여러 가지 이유가 있습니다.

태어나기 전부터도 남자들은 자연유산의 위험에 노출될 확률이 높습니다. 성장 중에도 발달장애를 가질 확률이 여자에 비해 네 배나 높다고 하네요. 어른이 되어서도 여러 가지 감염에 걸릴 확률이 여자보다 70퍼센트 이상 높고요. 관상동맥질환에 걸리는 나이도 여자보다 15~20년 빠르다고 합니다. 어디 그뿐인가요, 작업 현장에서 사고사를 당할 확률도 높다니 그 억울함을 이해합니다.

남성은 스트레스에 대해서도 여성보다 더 빠르게 반응하고, 더 느리게 회복된다고 하네요. 앨라배마 대학의 심리학자 돌프 질먼의 실험에 의하면, 분노한 남성에게 20분의 휴식 시간을 주어도 분노를 삭이는 데 효과가 없었다고 해요. 혈압이 치솟아 높아진 상태에서 '보복' 할 기회를 얻고 나서야 혈압이 내려가기 시작했다고 하고요. 반면, 여성들은 같은 상황에서 20분의 휴식 시간 동안 진정되었다고 하네요. 드라마에서 뒷머리를 잡고 쓰러지는 남자들을 자주 보게 되는 이유가 여기에 있나 봐요.

그렇다고 하늘을 원망하기보다는 살 궁리를 해야죠. 심리학자들은 남자들이 고통을 혼자 감당하거나 은폐하는 성향이 크다고 지적합니다. 반면에 여자들은 자신의 슬픔에 대해 쉽게 다른 사람에게 말하고, 그걸 해결하는 방법을 상의하고 상담을 받습니다. 남자들은 언제나 용기를 요구당하고 자신들도 그걸 당연시 여깁니다. 그러나 용기와 모든 걸 감수하라는 것과는 다릅니다. 남자다운 게 고통을 감추는 거라고 스스로 세뇌시키지 마시고, 고통으로부터 자신을 보호할 길을 찾으시면 좋겠습니다.

이상, 7년의 간격이 좁혀지길 간절히 바라는 여인이 한 말씀 올렸습니다!

06

배우고
싶은 유머

고대 그리스의 철학자 소크라테스가 어느 날 누명을 쓰고 감옥에 갇혔습니다. 제자들이 찾아와 통곡하며 말했습니다.

"스승님, 아무런 죄도 짓지 않고 이렇게 감옥에 갇히시다니요. 이런 원통한 일이 어디 있습니까?"

그러나 소크라테스는 웃으면서 제자들에게 말했습니다.

"그러면 너희는 내가 죄를 짓고 감옥에 들어와야 속이 시원하겠느냐?" (^^)

미국의 16대 대통령 링컨이 백악관에 있을 때 친구가 찾아왔습니다. 그때 링컨은 자신의 구두를 닦고 있었는데, 이것을 본 친구가 정색을 하며 말했습니다.

"아니, 미국의 대통령이 자신의 구두를 닦고 있다니 이게 말이나 되는 소린가?"

링컨이 더 놀라는 얼굴을 하고 말했습니다.

"그럼, 미국 대통령이 다른 사람의 구두를 닦아 줘야 한다는 말인가?" (^^)

또, 미국 대통령 얘깁니다. 미국 역사상 최고령 대통령으로 취임했던 레이건 대통령이 암살자의 총에 맞아 병원으로 실려 갔습니다. 위급 상황에서 병원의 분위기가 긴박하게 돌아갑니다. 그 와중에 간호사가 상처 부위를 지혈하려고 손을 대자, 레이건이 미소 지으며 말을 던집니다.

"우리 낸시에게 허락은 받았소?" (^^)

이번엔 영국입니다. 처칠 수상이 하원의원에 출마할 때의 얘깁니다. 처칠의 정적(政敵)은 "처칠은 늦잠꾸러기입니다. 저렇게 게으른 사람을 의회에 보내서야 되겠습니까?"라고 했습니다. 처칠의 대답이 걸작입니다.

"여러분도 나처럼 예쁜 마누라와 살면, 그렇게 늦게 일어나게

될 겁니다." (^^)

사회생활과 인간관계에서 유머를 아는 사람이 각광받습니다. 백악관에는 유머 컨설턴트가 있어, 대통령의 연설문을 다듬어 준다고 하네요. 적절한 유머가 주는 호감도와 분위기 상승은, 잘 안 되는 유머를 배워서라도 얻고 싶을 만큼 욕심낼 만합니다. 이러한 유머에는 자기 비하의 유머, 타인 비하의 유머, 행동으로 하는 유머, 반전 유머가 있는데요, 이것들은 저마다 다른 맛을 내지만, 최고의 감칠맛이 나는 유머는 '반전 유머' 아닐까요?

07

네 가지
없으면 꼴통

소통(疏通)이 뭐길래 직장에서도 소통, 가정에서도 소통이 문제랍니다. 전직 대통령은 소통보다 형통(兄通)에 힘썼다고 곤욕을 치르고요. 수평이든 수직 관계든 소통이 부족하면 '꼴통'으로 몰리기 딱입니다. 소통, 쉬울 듯하면서도 어렵습니다. 그래도 소통의 네 가지 조건만 명심하면 어렵지 않을 텐데요.

첫째, 말(언어)

누구나 '대화가 잘 통하는 사람'이라는 칭찬을 들으면 기분이 좋습니다. 대화가 잘 통하면 거래도 잘 성사되고, 가정도 화목해질 확률이 높지요. 혼자만의 말잔치를 늘어놓는 사람 말고, 상대방의 말을 많이 들어 주는 사람이 잘 통하는 사람이랍니다. 말하기보다 듣기를 더 즐기는 것, 거기다가 격려와 진실함이 곁들여진 말로 대화를 이끌어 간다면 당신의 소통 점수는 高高!

둘째, 표정

의사소통에서 표정과 태도가 55퍼센트의 비중을 차지한다는 '메러비안' 법칙을 기억합시다. 표정이 좋은 사람에게 끌리는 건 당연지사! 신(神)의 손을 통해, 때론 성형외과 의사의 손을 통해(?) 얼굴이 만들어지지만 표정은 당신만의 작품입니다. 미소와 너그러운 눈빛으로 시선을 맞추고, 유연한 태도로 상대방을 대할 때 돈독한 관계는 저절로 올 겁니다. '인상' 을 잘못 가꾸면 '진상' 이 됩니다.

셋째, 행동

식사 초대를 받은 자리에서 맛있게 음식을 먹어 주는 것, 손님의 배웅에 몇 걸음 더 투자하는 것, 대화 중에 고개를 끄덕여 주는 것, 문을 먼저 열어 주는 것, 더운 날 시원한 음료 하나 책상에 놓아 주는 것 등등 행동으로 할 수 있는 소통이 너무나 많습니다. "대접받고 싶은 대로 대접하라!" 이 명언이 아니더라도 자꾸 만나고 싶은 사람이 될 게 분명합니다. 귀찮더라도 조금만 더 움직여 보세요!

넷째, 마음

TV를 켜고 끌 때 필요한 것? "레미콘!" 휴가 가서 밥도 해 먹고 잠자는 곳? "콘돔!" 올해로 여든이신 친정엄마의 외래어 실력입니다. 레미콘을 '리모콘' 으로, 콘돔을 '콘도' 로 고쳐 드리지만 시간이 지나면 다시 그대로지요. 그래도 저와의 대화에 문제없고 짜증도 없습니다. 서로 마음이 통하고 사랑하기 때문이죠. 마음으로는 정말 많은 것이 보이고 연결되고 흡수됩니다. 소통의 네 가지 중 가장 큰 가지는 마음입니다.

그런데요, '카카오톡' 과 'SNS' 가 대세인 시대에, 위의 네 가지가 빛을 잃어 가는 건 어쩔 수 없는 건가요?

08

ㅇㅇ펀드로
갈아타라

이제는 한물간 우스갯소리 하나.

못생긴 남자와 예쁜 여자가 사귀면,
"저 남자 돈이 많은가 봐~."
잘생긴 남자와 못생긴 여자가 사귀면,
"얼마 못 갈 거야~."
못생긴 남자와 못생긴 여자가 사귀면,
"둘이 정말 사랑하나 봐~."

다른 사람을 대할 때, 우리의 감각 중에 가장 먼저 작동하는 게 시각(視覺)인 것 같습니다. 그래서 제일 먼저 외모를 스캔(?)하게 됩니다. 그 결과에 따라, 호감과 비호감이라는 답을 내놓습니다.

외모가 경쟁력이 된다는 사실을 부인(否認)하고 싶지만, 인정하지 않을 수 없습니다. 이런 뻔해 보이는 사실을 체계적으로 연구한 학자도 있나 봅니다.

심리학자 마릴린 시걸이 대학생들을 대상으로 실험을 했습니다. 부부 네 쌍의 사진을 보여 주고 남편의 사회적 지위와 명성을 추측하도록 했습니다.

대부분의 학생들이 사진 속 예쁜 부인의 남편이 사회적 지위나 경제력이 높을 것으로 추측했답니다. 못생긴 부인과 사는 남편들은 사회적 지위가 낮을 것으로 여겼다고 하네요. 바다 건너 지성인들도 생각이 별반 다르지 않습니다.

그 발표가 전부라면 밥맛, 입맛, 살맛까지 떨어질 일입니다. 하지만, 런던정책연구센터 연구위원인 캐서린 하킴의 주장이 우리의 공감을 삽니다. 사람은 누구나 '매력 자본' 이라는 자본을 가지고 있답니다. 이 '매력 자본' 은 잘생긴 외모만이 아니라, 건강한 몸, 사교술, 유머, 패션 스타일, 말투, 미소로도 불릴 수 있다네요. 그것도 타고난 게 아니라 우리의 노력으로 말입니다.

매력남, 매력녀들은 평균보다 12~28퍼센트가량 높은 소득을 얻는답니다. 이미 가지고 있는 매력에 또 다른 매력을 더하고 키우세요. 부동산 신화가 깨지고 펀드 열풍도 사라져서 마땅한 투자처를 찾지 못한 당신! '매력 펀드' 에 투자해 보심이 어떨는지요. 꽤 괜찮은 수익률을 보장해 드립니다. (단, 예상보다 낮은 수익률에 대해서는 법적인 책임을 지지 않습니다!^^)

09

맞장
뜨자고요?

깔깔깔, 호호호, 짝짝짝. 30여 명이 모인 강의실에 왁자지껄 난리가 났습니다. 얼굴의 주름도 관절염도 잊고, 열아홉 청춘으로 돌아간 어르신들의 반응이 뜨겁습니다. 희끗희끗한 흰머리가 나이를 말해 주지만 강의를 듣는 열정은 이미 나이를 잊었습니다. 풍부한 '리액션'이 있는 노인복지관에서의 강의는 항상 성공적이어서 흐뭇합니다.

반면에 요양원에서 하는 강의는 두 배로 힘듭니다. 어르신들을 자리에 모으는 데도 꽤 시간이 걸립니다. 신나는 음악을 크게 틀어도, 크게 소리를 내 봐도 절반은 주무십니다. '리액션'이 없으니 강의하는 저도 제 기량을 다 발휘하지 못합니다. 그래서 매번 내 강의가 무슨 도움이 될까 하는 회의(懷疑)를 갖고 요양원을 나서게 됩니다.

최악의 리액션 그룹은 중년의 남성들입니다. 굳어진 얼굴과 팔짱 낀 자세는 넘기 힘든 장애물입니다. 웃음은 어디에 두고 나오셨는지 웬만한 유머에도 입 끝만 달랑거릴 뿐입니다. 고개를 끄덕이고 손뼉까지 치며 반응하는 여성들과는 대조를 이룹니다. 여자가 남자보다 7년을 더 사는 이유가 여기에 있지 않나 하는 생각이 드네요.

인간관계에서 '리액션'의 힘은 상당히 큽니다. '리액션'은 우리말로 하면 '맞장구'라 할 수 있겠네요. 베스트셀러 작가가 되신 혜민 스님의 책 중에, "사람들은 맞장구를 잘 쳐 주는 사람과 함께할 때, 좋은 시간을 보냈다고 느낀다"라는 말에 동감합니다. 상대의 말에 고개를 끄덕여 주고, 슬픈 이야기엔 같이 슬퍼해 주고, 행복한 이야기엔 같이 즐거워해 주고요. 여자들이 이걸 잘해서, 셋이 모이면 접시가 깨지는 거 아닐까 싶어요.

소통의 비결을 말할 때도 리액션을 빼놓을 수 없습니다. 가정에서도 직장에서도 긍정적인 리액션이 소통을 좋게 합니다.

"그랬구나!", "몰랐네!", "힘들었겠다!", "잘했네!", "짜증났겠다!", "잘 참았네!"

몇 마디 익혀 두시면 막힘 없는 소통이 저절로 되겠지요. 그렇지만 "그래서?", "도대체 뭐가 문제야?", "당신 하는 일이 그렇지 뭐!"라는 말은 '맞장구'가 아니라 '맞장뜨자!'는 걸로 들리니까 삼가 조심하셔야 될 겁니다.

10

이것만은 **깨뜨리지 말아요**

옥에 갇힌 춘향이 이몽룡 기다리듯, 지난겨울 추위 속에서 간절히 기다리던 봄이 왔네요. 사계절 중의 봄은 순환의 한 부분일 뿐인데도 언제나 첫 계절의 느낌을 갖게 합니다. 괜스레 설레고, 없는 첫사랑도 만들어 내어 추억을 회상해야 할 것 같은 계절입니다. 나무마다 얼굴을 내민 새순들과의 만남이 반갑고, 잡초라는 억울한 이름을 가진 작은 풀들도 사랑스럽습니다. 성급히, 나풀거리는 얇은 원피스를 꺼내 입고 꽃샘추위와 맞서는 봄입니다.

겨울이 가면 당연히 봄은 온다고 드라이하게 말하실 분도 계실 겁니다. 그렇지만 그 섭리가 깨지면 받게 될 충격과 고통을 생각하면, 때맞춰 찾아와 주는 봄은 귀한 손님입니다. 이미 봄가을의 존재가 사라질 위기라고 걱정을 할 만큼, 깨어진 섭리에 우리는 안타까워합니다. 그것을 복구하려면 어마어마한 노력과 수고가 들어갈 겁니다. 그렇게라도 해서 완벽하게 복구된다면 감사한 일이지만, 흔적과 상처는 지우기 힘들 겁니다.

깨지지 말아야 할 것은 자연의 섭리만이 아닙니다. 또 깨진 것을 복구하는 데 엄청난 수고가 따르는 건 사람과의 관계도 마찬가지입니다. 한 번 뱉은 부정적인 말과 기운을 회복시키려면 일곱 배의 긍정적인 말과 행동이 필요하다고 합니다. 일곱 배의 노력에도 불구하고 흔적과 상처를 남길 수도 있습니다. 가능하면 깨뜨리지 않는 게 상책 중의 상책입니다.

이러한 리스크에도 불구하고, 일단은 저지르고 보는 성격을 가진 사람들이 있습니다. 고쳐 볼 생각은 안 하고 타고난 천성이라고 치부해 버리기도 합니다. 일곱 배의 노력은커녕 깨어진 관계에 대해, 상대방의 속좁음으로 결론을 짓습니다. 사는 방식이 편해 보이지만, 주변에 자기 사람은 없습니다. 뿌린 대로 거두는 게 진리니까요.

창을 뚫고 나를 찾아와 준 햇살이 고마운 봄입니다. 내 곁에 있는 사람들도 고맙게 여기고 좋은 관계를 만드시길 바랍니다. 우리가 깨뜨리지 말고 아름답게 가꾸어야 할 것, 자연과 사람과의 관계입니다. 가끔, 그릇은 깨뜨리셔도 됩니다(그릇 가게 사장님 말씀^^).

11

멀고 먼 사이 **'권력' 과 '공감'**

노인정으로 봉사하러 다닐 때가 있었습니다. 우리나라 노인정은 남녀가 분리된 구조가 대부분입니다. 방이 두 개이거나 층을 따로 쓰는 경우가 많지요. 방이나 층은 달라도 내부의 시설은 비슷하게 꾸며져 있습니다. 간단한 조리대와 소파, 그리고 TV가 놓여 있습니다. 요즘은 노래방 설비가 필수로 설치되어 있더군요.

그런데 방의 구조는 비슷해도 분위기는 백팔십도 다릅니다. 할머니들이 계신 방에선 연신 소란스런 대화 소리와 웃음소리가 문밖까지 들려옵니다. 윷놀이를 하시거나 화투를 가지고 노시더라도 뭐가 그리 재밌는지 왁자지껄합니다. 시시때때로 군것질거리를 서로 나누시며 세상 사는 이야기꽃을 피웁니다. 누구네 손녀가 몇 년 만에 아이를 낳았다는 소식도, 누구네 김장이 짜게 됐다는 것도 노인정 뉴스가 됩니다.

반면에 할아버지들이 계신 방은 TV 소리와 어르신들의 헛기침 소리만 들립니다. 몇 분 안 되는 할아버지들이 우두커니 앉아서 TV에서 눈을 떼지 못하십니다. 분위기로 보면 서로 오늘 처음 만나셨는지 오래전부터 알고 지내셨는지 분간이 안 갑니다. 호칭도 교장선생님으로 퇴직한 분은 '교장선생님' 으로, 사업을 하셨던 분은 '사장님' 으로, 평범한 분들은 'ㅇ씨' 로 불리니 서로 터놓고 친해지기가 쉽지 않습니다. 이렇게 저렇게 남자들의 공감 능력이 여자보다 떨어진다는 사실이 맞는 것 같습니다.

미국의 심리학자 그레이스 마틴에 의하면, 거의 모든 사람은 공감 능력을 갖고 태어난다고 합니다. 신생아부터 유년기까지는 남녀 간에 큰 차이 없이 공감 능력을 발휘하다가 어느 순간부터 격차가 벌어집니다.

먼저는 과묵하고 용감함을 남자다움으로 교육받는 이유가 있고요, 또한 권력을 갖게 되면 공감 능력을 잃게 되는데, 그 이유도 있다고 합니다. 권력은 세상을 자기중심적으로 보게 만들어서 다른 사람의 관점을 고려하는 공감을 방해한다는 것입니다. 권력도 있고, 공감 능력도 가진 남자 어디 없나요?

공감과 소통이 있는 곳은 분위기가 긍정적이고 행복합니다. 조직이 만들어지고 원활하게 운영되는 데도 정서적인 공감대가 큰 역할을 합니다. 교육에 '눈높이 교육'이 필요하듯, 공감 능력에도 '눈높이 공감대'가 필요합니다. 나의 생각과 이야기가 아닌, 상대방의 생각과 이야기를 인정하고 들어 주는 것부터 시작해야 합니다. 남자들은 목적지까지 빨리 가는 걸 좋아하고, 여자들은 주변 구경도 하고 친구들이랑 즐겁게 같이 가는 걸 좋아한답니다. 그래서 여자들이 이 땅에서 오래 사는가 봐요.

12

한 끗 차이

집 근처에 문구점이 없어 볼펜 하나라도 사려면 차를 타고 이동해야 합니다. 좀 번거롭긴 하지만 문구점 행은 쏠쏠한 재미를 안겨 줍니다. 각양각색의 디자인과 기발한 기능을 가진 물건들이 제 발길을 잡아 둡니다. 그 작은 공간에 그렇게 다양하고 많은 물건을 진열 해 놓은 것에 감탄하고, 어떤 물건이든 한 번에 찾아 주는 문구점 사장님의 신비에 가까운 기술에 두 번 감탄합니다.

어릴 적 학교 앞 문구점은 지금에 비하면 궁색하기 짝이 없지만, 아이들의 보물창고였습니다. 솔직히 문구류 보다는 소위 말하는 불량식품이, 많은 꼬맹이들의 사랑을 받았지요. 먹거리가 신통치 않은 세대라서 언제나 알록달록한 간식의 유혹 앞에 코 묻은 돈을 꺼낼 수 밖에요. 쥐구멍에 쥐 드나들 듯 하는 아이들로 비좁은 문구점을 용기 있게 들어가 보지 못했습니다. 불량식품을 사먹지 말라는 선생님의 종례 말씀에, 다른 친구들의 만찬(?)을 부러워하던 고지식한 아이가 저였습니다.

그런 저와는 달리 저희 언니는 문구점의 단골고객이었죠. 제가 쓰지 못하고 모아 놓은 돈까지 수단 좋게 구슬려서 언니의 소비를 부추겼지요. 언니가 쏘는 한 턱으로 언니 주변에는 항상 친구가 많았습니다. 그런데 언니가 엄마한테 심하게 맞을 만한 일이 생겼습니다. 문구점에 외상을 했다는 명목으로.. 어떻게 어린 애가 외상을 할 수가 있냐고 혼내시는 엄마가 얼마나 무서웠는지, 저는 지금도 외상은 절대 안합니다.(신용카드를 쓰니까 외상인가요?)

지금은 넉살좋게 외상도 잘하고 친구도 많았던 언니가 저보다 더 인정받습니다. 친정에서 나오는 각종 농산물이 거의 모두 언니 손을 거쳐 판매됩니다. 그저 나 먹을 거나 얻어먹는 저와는 달리 언니의 인맥은 친정 창고를 가뿐히 비우고도 남습니다. 그럴 때면 흐뭇해하시는 부모님 앞에서 조금 멋쩍어 집니다. 일주일에 몇 번씩 친목모임을 만들어 내는 언니의 사회성이 부럽기도 합니다.

보는 시각에 따라 사람의 단점이 장점으로 바뀌거나 장점이 됩니다. 조용하고 수줍은 건 신중함일 수 있구요. 말이 많고 조금 독단적인 건 적극성 일 수 있겠죠. 융통성이 없다는 건 정직함이기도 하고, 일관성이 없는 건 사람이 좋아 그런 것일 수 있습니다. 참견이 많은 건 관심이 많은 거라고 보여지구요. 아무래도, 장점과 단점은 겨우 한 끗 차이인가 봅니다.

13

먼저 **주기**

"엄마, 저 산이 자꾸 나한테 바보라고 해!"

엄마가 말했습니다.

"너는 산에게 뭐라고 했는데?"

꼬마가 말했습니다.

"바보야!"

엄마가 말했습니다.

"그럼, 친구야 라고 말 해봐~"

'관계' 란 자신이 한 만큼 돌아오는 것이랍니다. 먼저 관심을 가져 주고, 먼저 공감하고, 먼저 칭찬하고, 먼저 웃으면, 그 따뜻한 것들이 다시 나에게 돌아온답니다. 그래서 인간관계가 좋다는 말은 먼저 내가 가진 것을 주었다는 말 입니다.

성문화(成文化)되진 않았지만, 우리가 사는 시공(時空)을 채우는 수많은 말(言)의 향연에도 규칙이 있습니다. 말은 항상 하는 사람과 듣는 사람이 있습니다. 가는 말이 고와야 오는 말도 곱습니다. 말이 많은 사람보다, 말을 조절 할 줄 아는 사람이 좋습니다. 항의(抗議)하는 말 보다는 상의(相議)하는 말이 관계를 더 부드럽게 합니다. 명령조의 말 보다는 청유형의 말을 더 기다립니다.

자기의 혀를 다스리는 자는 용사보다 낫다고 했습니다. 말로 상처 입었다는 사람이 많은 걸 보면 함부로 쓰는 혀가 위험한 흉기가 되는 게 확실합니다. 반대로 누군가의 말 한마디에 참담했던 인생을 바꿀만한 힘을 얻었다고 고백하는 사람도 있습니다. 말은 상처주고 관계를 깨뜨리는 흉기나 무기가 되기도 하고, 건실한 관계의 도구가 되기도 합니다.

여러분의 말이 상대방과 좋은 관계를 이끄는 공감의 도구로 마음껏 사용되기를 기대합니다.

14

소통의 **음정**

음악적 재능과는 서울 부산 왕복거리 만큼이나 먼 제게, 성악을 전공하는 딸이 있다는 건 별난 일입니다. 노래도 악기도 어려워했던 저와는 달리 음악적 재능을 가진 딸이 대견합니다. 그 대견함과는 반대로 피곤함도 있습니다. 절대음감을 가진 딸 앞에서, 정확한 음정을 찾지 못하는 제 노래는 소음입니다. 그런 음이 어디서 나왔냐고 지적하는 딸에게, 아는 게 병이라고 둘러 댑니다.

노래에도 음정이 있듯이 말에도 '소통의 음정' 이 있습니다. 자연스러운 대화에서는 "미" 나 "파" 정도가 좋습니다. 물론 적당히 쉼표도 들어가고 빠르기도 조절하는 건 당연합니다. 높낮이도 있어서 지루함을 없애줘야 하지만 기본음은 "미" 또는 "파"로 잡으세요. 듣는 사람이나 말하는 사람 모두 부담 없는 소통음정입니다.

많은 사람 앞에서 프레젠테이션이나 발표 할 때는 "솔" 정도의 음으로 진행하시는 것이 적당합니다. 그래야 말하는 사람이 전달력이 있고 자신감이 있어 보입니다. 발표내용도 중요하지만 목소리의 음감도 체크 해 보시기 바랍니다. 너무 낮은 목소리나 높은 음성은 집중도를 떨어뜨리고 어수선 해 보일 수 있습니다. 물론 여기서도 강약이나 쉼표는 필수입니다.

감미롭게 사랑을 속삭이거나 아기에게 자장가를 불러 줄 땐, "도" 와 "레" 사이를 오가는 게 좋습니다. 통념적으로 여성들은 중저음의 남성목소리에 끌린다고 합니다. 태아의 경우도 중저음의 아빠목소리를 선호한다고 하구요. 사랑의 말을 전달할 때 "도" 와 "레" 를 기억하세요. 거기다가 약간의 비음이 섞이면 금상첨화겠지요.

가끔은 "라" 이상의 음정도 필요합니다. 위험한 상황에 있거나 죽기 살기로 싸울 때 저절로 나옵니다. 그렇지만 자주 사용하지 않으면 더 좋을 일입니다. 이 정도로 높아지면 소통의 음정이 아니라 소음이 될 확률이 높습니다.

Part 5

너의 꿈을 펼쳐 봐

01

부모 이기는 **자녀가 성공한다**

"저는 집에서 덩어리들하고 삽니다. 이십년 넘게 살아도 진~짜 말이 안 통하는 남편은 웬수덩어리, 버는 대로 갖다 쓰는 딸은 돈덩어리!"

강의 시작을 재밌게 하려고 제가 날리는 멘트입니다. 주부들은 딱 자기 얘기라고 반응합니다. 학생들도, '돈덩어리' 호칭에 낯설지 않은 반응을 보입니다. 아마 집에서 많이 듣는 말이겠죠.

'돈덩어리' 키우느라 애쓰시는 부모님의 은혜를 모르면 안 됩니다. 그래서 부모님 말씀 잘 들으라고 전합니다. 그러나 또 한편으로는 부모님을 이기라고 말합니다. 다른 건 순종해도, 자신의 꿈에 대해서는 부모님과 부딪쳐 보라고 권합니다. 부모님이 만들어 주는 꿈 말고, 자신이 만든 꿈을 향해 도전하고 이루라고 말입니다.

부모는 자녀의 꿈에 대해, 가장 많이 응원하고 지원해 주는 후원자가 돼야 합니다. 그러나 많은 부모들은(저를 포함하여) 자녀에게 '부모의 꿈'을 가지라고 강요합니다. 자녀가 그리는 꿈은 왠지 불안하고, 어설프고, 고생문이 훤하고, 내세울 게 없어 보입니다. 남 보기에 번듯한 꿈 하나 갖지 못하는 게 답답할 지경입니다. 부모의 입장에서 자녀의 꿈을 존중해 주는 게 쉽지만은 않습니다.

옷에 관심이 많고 바느질을 잘하는 저는, 의상 디자이너가 꿈이었습니다. 용기를 내어 엄마에게 말씀드렸었는데, 여러 가지 이유로 반대하시더군요. 엄마의 뜻을 따랐기에 착한 딸이라는 명예는 얻었지만, 지금은 엄마도 저도 후회합니다. 엄마는 딸의 꿈을 꺾으셨던 걸 후회하시고, 저는 도전하지 못했던 게 후회스럽습니다.

성공한 사람들 가운데는 부모님의 반대를 이기고 자신만의 꿈을 이루어 낸 경우가 많습니다. 솔직히, 우리나라 부모님들이 원하는 꿈은 '사' 자가 붙거나, '공' 자로 시작하는 게 대부분입니다. 물론 안정되고 풍족하게 살기를 바라는 염원이 크기 때문인 줄은 압니다. 그렇다고 그것 때문에 무한한 가능성을 지닌 자녀의 발목을 잡아 두지 않았으면 좋겠습니다.

한국인 최초 하버드 법대 종신교수로 임명된 석지영 교수가 말합니다.

"부모가 하라는 대로 하는 자녀가 되기를 바라지 말라"고.

여러분, 자녀의 꿈에 후원자가 되십시오!

02

'운' 보다 **'땀' 입니다**

봄은 이사철이라더니, 부동산 경기 침체 때문에 보기 힘들었던 이삿짐 운반차들이 자주 눈에 띕니다. 저희도 이사를 위해 집을 내놓았습니다. 부동산에서 집을 보러 올 때마다 자유분방하게 늘어져 있던 살림살이들을 치우느라 한바탕 소란을 떨지요. 초스피드로 치워야 하니 온갖 것들을 붙박이장 안으로 들이밉니다. 터질 듯 채워 넣은 붙박이장 문이 열릴까 걱정될 정도로요. 이사하는 거, 주부에게는 꽤 귀찮은 일입니다.

집은, 꼼꼼히 화장실 물까지 내려 보던 젊은 부부에게 계약이 됐습니다. 집의 장단점을 체크하며 살펴보는 게 어찌나 야무진지, 저의 덜렁거림도 반성했습니다. 같이 동행한 부동산 사장님의 과장된 집 칭찬에 별로 감응하는 기색도 없더군요. '저렇게 합리적으로 살아야 하는데…' 라는 생각이 많이 들었습니다. 이젠 제가 집을 구할 차례니 야무지게 구해 봐야겠다고 다짐을 해 봅니다.

간혹 집을 보러 오는 분들 중에 독특한 질문을 하는 분들이 있습니다. 이 집에서 돈은 많이 벌었는지, 아이들 학교는 잘 들어갔는지. 소위 운이 좋은 집인지 묻는 분들이 있더군요. 그쪽에서 얻고 싶은 대답은 이 집에 살면서 사업 번창했고, 애들 명문대 들어갔다는 대답일 겁니다. 저도 그렇게 대답할 수 있으면 얼마나 좋겠습니까마는, 어찌 '공감 · 소통 연구원장' 이 거짓말을 하겠습니까. 쭈뼛거릴 겨를도 없이, 부동산 사장님의 달변으로 저는 운 좋은 집 여주인이 됩니다.

들기로는, '대전족(대치동 전세족)' 이라는 용어를 만들어 낸 대치동에선 명문대에 합격한 학생이 살던 집은 전세금이 더 비싸다고 하네요. 운이 좋은 집이라서 프리미엄을 붙이고라도 들어간다고 합니다. 그 논리라면, 딸이 재수해서 간신히 턱걸이로 서울대 약대(서울대에서 약간 먼 대학)에 들어간 우리 집은 특별

할인이라도 해 줘야 하는 건지요. 운은 어떤지 몰라도, 대학에 입학한 딸은 성실하고 행복한 학교생활을 하고 있습니다.

본인이 노력해서 쌓은 실력만큼 입시를 치른 건데 '운' 타령은 좀 그렇습니다. 저는 운의 결과보다는 땀의 결과를 믿고 싶습니다. 인생역전이라는 로또 거액 당첨자들의 말로가 건실하지 않은 걸 많이 봅니다. '운' 이 거꾸로 '공' 으로 바뀌어 빈손이 된 당첨자들도 있잖아요.

운 좋은 집 얻으려고 발품 판 것도 땀이라고 하시면 할 말은 없습니다만, 땀을 쏟으면 운도 바뀌지 않을까요.

여러분~ '운' 보다는 '땀' 입니다.

설마, 제 얘기 듣고 사우나 가서 땀 쏟으려는 건 아니시죠!(^^)

03

적금보다 **든든하다**

빌 게이츠, 스티브 잡스, 워런 버핏, 안철수의 공통점은? 정답은 '남자', '대단한 부자', 그리고 '세상에 영향력을 발휘하는 인물들', 거기에 한 가지 덧붙이자면 모두가 '독서광' 이라는 것입니다. 빌 게이츠는 출장 중에도 책을 챙기고, '게이츠 도서관재단' 을 만들어 독서 부흥까지 꿈꾸는 독서의 욕심쟁이입니다. 스티브 잡스도 책을 가까이했고, 자신의 어록에 "독서하라"는 말을 남겼습니다.

워런 버핏은 그 바쁜 일정 중에도 보통 사람보다 다섯 배나 많은 독서량을 소화하는 것으로 알려졌습니다. 안철수 원장은 책과 함께 자랐다고 해도 과언이 아니고, 자신의 저서로 국민들과 소통하고자 하는 '북텔링(book telling)' 의 대가입니다. 뛰어난 자녀교육의 모델인 유대인들의 책 사랑도 유명합니다. 아무리 가난해도 마지막 돈으로 책을 산다는 말이 있지요. "돈과 책이 바닥에 떨어지면 책부터 집어라", "옷을 팔아 책을 사라"고 자녀들에게 가르친답니다. 스무 권의 책으로 된 ≪탈무드≫를 다 읽으면 친구들을 불러 축하 파티를 열기도 한다는군요. 세계 인구 중 0.2퍼센트를 차지하는 유대인이 노벨상의 21퍼센트를 휩쓰는 강력한 힘이, 책에서 나오는 힘이라고 말해도 근거 없는 소리는 아닐 겁니다.

한 소개팅 사이트에서 네티즌 1505명을 대상으로 '지하철 출퇴근길 호감 가는 이성'에 대한 설문조사를 했습니다. 조사 결과 남성은 '노약자에게 자리를 양보하는 여성(50%)'에게 가장 호감을 느낀다고 했습니다. 반면에 여성은 '독서하는 남성(49%)'에게 가장 큰 호감을 느낀다고 답했습니다.

멋진 외모나 옷차림이 아닌, 책 읽는 남성에게 호감을 느꼈다니 뜻밖입니다. 그렇다면 출근길에 헤어 스타일과 옷차림에 신경 쓰기보다 책 한 권을 준비하는 센스로 뭇 여성들의 호감을 사로잡을 수 있겠습니다.

대한출판문화협회에서 올해의 '모범 장서가(藏書家)' 를 뽑는다고 했습니다. 전문인을 제외한 국민을 대상으로 책 2천 권 이상을 소유한 개인을 뽑는데 신청자가 없어, 1천 권으로 줄였지만 그래도 신청자가 없는 모양입니다. 책 읽는 분들이 겸손해서 나타나지 않는 걸까요? 짭짤한 상품도 솔깃해서 우리 집에 있는 책들의 숫자를 세어 보니, 턱도 없습니다. 장롱이 숨 막히도록 넘쳐나는 옷들이 다 책이었다면 당당히 신청자로 이름을 올렸을 텐데요.

우리나라 성인 독서량은 월 0.8권으로 미국의 6.6권, 일본의 6.1권에 비해 크게 뒤떨어진다는 조사가 있습니다. OECD 국가 중 최하위라는 명예(?)를 부여받았습니다. 선진국으로 갈수록 독서량이 많다는데... 집집마다 '재테크' 는 열심인데 'Book테크' 는 부족해 보입니다. 독서를 하면 생각이 달라지고, 행동이 달라지고, 운명이 달라진다고 했습니다.

'Book테크' 에 열심이다 보면 '재테크' 의 성공도 따라오지 않을까요? '적금(積金)' 도 좋지만 '적서(積書)' 도 그에 못지않게 우리를 든든하게 해 준다는 사실, 이 가을에 떠올려 볼 일입니다!

04

약속 어기면 **경찰 출동?**

조금은 심각하게 약속 시간에 늦는 걸 싫어합니다. 너무 일찍 도착해서 기다리는 것도 피하고, 5분 일찍이나 혹은 정각에 짠~ 하고 나타나는 걸 좋아합니다. 정확하게 약속 시간을 맞추면 일이 술술 풀리는 느낌입니다. 더구나 강의는 시간을 칼같이 지켜야 하기에, 다른 약속보다 더 일찍 나서야 합니다. 높은 경쟁률을 뚫고(?) 제 짝이 된 남편도, 연애할 때 약속 시간 하나는 잘 지켜서 점수를 높이 줬습니다.

피치 못할 사정이 있어서 어쩌다 한 번은 몰라도, 상습적으로 약속 시간을 어기는 사람들은 비호감입니다. 다른 부분이 잘 갖춰진 사람일지라도 약속 시간을 깨면 점수를 깎이게 됩니다. 약속은 신뢰라는 열매를 만들어 내기 때문에, 약속이 무너지면 신뢰도 자라지 않습니다. 또한 신뢰는 돈으로도 사기 어렵습니다.

우리는 살면서 무수히 많은 약속을 합니다. 출근 시간도 약속이고, 횡단보도나 신호등, 예금이나 무역, 세금이나 선거도 약속입니다. 이런 약속들을 어기면 개인적인 불이익도 생기지만, 사회적 · 국가적으로 큰 위기를 만들기도 합니다. 그래서 사회적 약속을 어길 땐 법적인 처벌이 따르기도 하지요. 대부분의 사람들이 성실히 이 약속을 지키고 있는 것에 감사할 따름입니다.

약속 중에 제일 지키기 힘든 약속은, 자신과의 약속입니다. 우리는 그걸 '다짐' 이라고 부릅니다. 타인과의 시간 약속은 잘 지키는 저도, 제 자신과의 약속에는 철저하지 못합니다. 가을이 시작되면서 '저녁에 호수공원을 산책하겠다' 고 다짐했지만, 일찍 찾아온 추위를 핑계로 계속 어기고 있습니다. 시베리아의 바람도 울고 갈 오리털 점퍼와 마스크는 옷장 속에 꼭꼭 모셔 두고 말이지요.

우리는 스스로에게 '아침에 일찍 일어나겠다' , '책을 읽겠다' ,

'담배를 끊겠다' 는 등의 약속을 합니다. 그런데 십중팔구 잘 지켜지지 않습니다. 약속에 어떤 규제가 있는 것도 아니고, 누군가와의 신뢰를 깨뜨리는 것도 아니니까요. '작심삼일' 한다고 경찰 출동하거나, 쇠고랑 차는 거 아니잖아요. 그렇지만 자신과의 약속은 자기 발전에 지대한 영향을 미칩니다. 잘못된 것을 바꿀 수도 있고, 부족한 것을 보충할 수도 있지요. 약속에 충실한 게 여러모로 유익입니다.

여러분! 꼼꼼히 지키기는 어렵지만, 좋은 결과를 생각하며 스스로와의 약속에 충실해보시기 바랍니다.

에구, '친절한 금자씨' 가 한마디 하네요.

"너나 잘하세요~." (^^)

05

쌍이면
싸이 된다

1987년, 〈씨받이〉란 영화로 베니스 영화제 여우주연상을 수상한 여배우 강수연. 월드스타라는 꼬리표를 단 우리나라 최초의 연예인으로 기억됩니다. 국제 무대에서 한국 영화가 주목받게 된 것도 그 즈음부터였습니다. 그 이후 강수연의 활동 영역이 국제 무대로 뻗어 나가진 못했지만, 월드스타라는 수식어는 현재까지 여배우 강수연을 설명하는 수식어로 고정되었습니다.

근래에 우리나라 연예계가 낳은 진정한 월드스타라면 단연 싸이를 지목하겠습니다. 그동안 싸이의 뮤직비디오 동영상 접속 횟수는 날마다 기록을 갈아치우기에 바빴지요. 세계 각국에서 그를 취재하고 접촉하려는 열심이 대단했습니다. 덩달아 그를 닮은 '가짜 싸이' 마저도 인기를 누리는 재밌는 일까지 벌어졌지요. 싸이의 인기가 얼마나 가겠냐고 우려하는 분들도 있지만, 여기서 멈추더라도 싸이의 성공은 연예사(演藝史)에 길이 남을 일입니다.

월드스타로 부상해서 성공적인 활동을 하고 있는 삼십대 중반의 싸이는 일명 'B급 문화' 의 리더 격입니다. 일부러 멋지게 보이려 하지 않고, 싼티도 감추지 않습니다. 정작 본인은 명문 버클리 음대를 나왔지만 싼티에 주력했습니다. 그래서 호불호(好不好)가 많이 나뉘기도 했습니다. '별난 녀석' 이미지가 항상 따라다녔지요.

코믹과 싼티로 무장한 그가 세계의 이목을 끌어들인 데에는 이유가 있습니다. 데뷔 이후 줄곧 'B급 문화' 를 버리지 않고 한 우물만 파더니 빛을 보게 됐습니다. 흔들리지 않고 자기만의 영역을 꾸준히 쌓아 성공적인 결과를 얻은 거지요. 여러 가지 이유로 중간에 포기했다면 오늘의 영예를 얻지 못했겠죠. 그게 음악이냐고 평하는 사람들의 야유에도 싸이만의 노래와 음악을 지켜

낸 결과입니다.

그런데 한 우물만 파는 게 결코 쉽지는 않습니다. 결과가 속히 나오지 않으면 다른 우물을 파야 할 것 같아 조바심이 나기도 합니다. 목표를 설정해 놓고 흔들릴 때가 많은 것도 우리들 모습입니다. 때로는 주변의 따끔한 조언에 더 혼돈스럽기도 합니다. 그래도 뜻이 확고하다면 묵묵히 가야 합니다. 여러분 흔들리지 말고, 자신의 목표를 위해 시간과 노력을 쌓으십시오.

쌓이면 '싸이' 됩니다(^^).

06

최고의 스펙은 **'간절함' 이다**

제가 속한 모임에 육십대 초반의 풍채 좋고, 언변도 좋은 분이 계십니다. 작년에 공무원 생활 40년을 마치고 국장직을 끝으로 정년퇴직을 하셨지요. 그래서 자연스레 호칭은 '국장님' 입니다. 아직도 '국장님' 포스가 느껴지지만, 건강하시고 젊은이들과도 잘 통해 모임의 분위기 메이커 역할을 하십니다. 게다가 박식함까지 갖추고 계셔서 존경스럽기까지 합니다.

퇴직 후 재취업을 위해 많은 곳을 알아봤지만 아직도 '화이트 핸드(백수)' 라고, 취업의 어려움을 호소하십니다. 최근에는 아파트 경비원 직에 지원했다가 낙방했다고 하시네요. 힘도 젊은 사람 못지않고, 인상도 좋은데 불합격의 이유가 독특합니다. 경비원 면접에서 연금을 타는지 묻기에, 솔직하게 얼마를 탄다고 하셨다는군요. 그러자 "에이~ 그럼 힘들다고 오래 안 하시겠네요!"라는 답이 돌아왔고, 결국 불합격 되셨답니다.

'간절함' 이 없다는 게 국장님의 낙방 원인입니다. 앞으로의 여생, 생활에 불편이 없을 만큼의 연금이 나오니, 밥벌이(일자리)에 대한 절실함이 없다고 보는 거지요. 힘들다고 중도에 그만둘 사람보다, 그 일 아니면 안 된다고 하는 사람을 선호하는 겁니다. 스펙은 훌륭하지만 간절함이 부족한 게 큰 마이너스였던 거죠. 열정보다 더 무서운 게 간절함인가 봅니다.

소크라테스를 추종하는 청년이 소크라테스에게 지식 얻는 비법을 가르쳐 달라고 했습니다. 소크라테스는 그를 강으로 데려가 물속에 들어간 다음, 젊은이의 머리를 붙잡아 물속에 밀어 넣었습니다. 청년은 머리를 물 밖으로 내밀려고 했지만, 소크라테스가 힘껏 그의 머리를 잡고 나오지 못하게 했습니다. 죽을힘을 다해 물 밖으로 나온 청년에게 소크라테스가 물었습니다.

"죽을 것 같았을 때 자네가 원한 것이 뭔가?"

청년이 숨을 몰아쉬며 "공기였습니다!"라고 답했습니다. 그 말에 소크라테스는 "자네가 '간절히' 공기를 원했던 만큼, 지식을 원한다면 얻게 될 걸세!"라고 말했습니다.

취업의 문은 점점 더 좁아지고 있습니다. 좁은 문을 통과하려고 스펙 쌓기에 열을 냅니다. 요즘은 초등학교 때부터 스펙을 끌어올리기 위해 애쓴다고 하는군요. 그래서 우월한 스펙을 가진 인력들이 넘쳐납니다. 반면에 기업이나 현장에선, 사람은 많은데 인재는 부족하다고 말합니다. 스펙은 높은데 뭔가 부족한 것이 있다면, 일에 대한 간절함 아닐까요? 눈물겨운 생존의 시대, 최고의 스펙은 간절함입니다.

07

무섭지 아니한가!

며칠 전, 건강검진 대상자인 남편이 차일피일 미루다 제 독촉에 못 이겨 검진 예약을 했습니다. 내시경까지 예약했기에 당연히 저녁부터 아침까지 금식 명령이 내려졌지요. 검진하는 날 아침, 남편보다 조금 늦게 일어났습니다. 방에서 나와 보니 남편이 식탁 위에 있는 바나나를 입에 넣고 있었습니다. 매일 아침밥 대신에 바나나를 먹는 '습관' 때문에 자연스럽게 손이 갔나 봅니다. 다행히 일찍 제 눈에 띄어서 예정대로 검진을 할 수 있었습니다.

제게도 잘 고쳐지지 않는 습관이 있습니다. 식사 후 곧바로 설거지를 하지 않고 미루는 습관. 그릇이 쌓여 있는 걸 보는 게 싫으면서도 꼭 다음 식사 준비 전에 하게 됩니다. 설거지 말고도, '다음에' 라고 미루는 일들이 꽤 됩니다. 이런 저를 우리 딸이 은근히 닮아 가는 것 같아 조금 걱정입니다.

≪습관의 힘≫이라는 책의 저자 찰스 두히그는 "습관은 우리에게 축복이기도 하지만, 저주이기도 하다"라고 말했습니다. 좋은 습관은 축복이 되지만, 나쁜 습관은 저주가 된다는 말입니다. 누구나 축복을 원하지 않는 사람은 없을 겁니다. 그런데 내가 어떻게 반응하느냐에 따라 저주가 된다면, 습관이란 놈을 고쳐 봐야 되지 않겠습니까. 그러려면 먼저 나쁜 습관부터 골라내야 합니다.

어떤 스승이 제자를 데리고 산에 가서 제자에게 세 그루의 나무를 보여 주며 뽑으라고 말했습니다. 심은 지 얼마 안 되는 첫 번째 나무는 쉽게 뽑을 수 있었습니다.

두 번째 일 년 된 나무는 힘들여 겨우겨우 뽑았고, 세 번째의 심은 지 오래된 나무는 아무리 애써도 뽑을 수가 없었습니다. 도저히 못 하겠다고 제자가 말하자, 스승이 말했습니다.

"습관이란 것도 이와 같다. 선이든 악이든 습관을 들이고 오래

되면 그만큼 뽑기 어려운 법이다."

먼저 얼마 되지 않은 습관부터 고쳐 보시기 바랍니다. 나쁜 습관을 고치기 위해서는 습관을 대체할 만한 보상이 있어야 한다고 하네요.

예를 들어 담배 피우는 습관을 고치려고 한다면, 담배를 피우는 대신에 운동을 하거나 껌을 씹는 보상이 있어야 된다는 얘기랍니다. 그냥 처음부터, 쉽게 떼어 버리기 힘든 무서운 녀석이 발붙이지 못하게 하면 더욱 좋겠지요.

"처음에는 우리가 습관을 만들지만, 그다음에는 습관이 우리를 만든다"는 존 드라이든의 말을 들으니 오싹해지는 이건 뭐죠?

08

이래도 **안 열어?**

삽백미터 거리의 양편으로 무려 네 개의 중형 마트가 자리 잡고 있는 동네에 살고 있습니다. 고객들을 유혹하느라 점포 밖에까지 상품들을 진열해 놓고 영업을 합니다. 시간별로 반짝 세일이란 명목으로 할인을 해 주고, 배달은 기본으로 해 주며, 어떻게든 고객들의 지갑을 열게 하려고 애씁니다. 점포의 밝은 조명도, 직원들의 유니폼도 신경 쓴 게 엿보입니다. 무한 경쟁의 시대에서 살아나려는 열의가 눈물겹습니다.

네 곳 중에 유난히 북적이는 곳이 있습니다. SSM이라 불리는 대기업 마트가 아닌, 코너별로 업주가 다른 마트가 그렇습니다. 한 번은 잘 익은 김치에 싸 먹을 보쌈용 고기를 사러 갔습니다.

고기와 함께 작은 봉지를 넣어 주는데, 거기엔 고기 삶을 때 넣는 월계수 잎과 통후추, 감초 몇 개씩이 들어 있더군요. 덕분에 맛있는 수육을 먹게 됐고, 당연히 단골이 되었습니다.

생선 코너는 냄새 때문에 손질을 꺼리는 주부들을 위해, 말끔하게 손질하는 서비스를 해 줍니다. 손에 비린내를 묻히지 않고도 몸에 좋은 생선을 먹게 되니, 예전보다 생선 요리를 더 자주 먹습니다. 항상 신선함을 자랑하는 생선들이 고객들의 선택을 기다리느라 눈을 부릅뜨고 있습니다. 생선의 눈빛도 선하고, 주인장의 눈빛도 선해서 좋습니다.

과일 코너는 연신 시식용 과일을 건네며, 홍보에 열을 냅니다. 귤 한 상자를 사는데, 포장을 뜯고 썩은 것은 알아서 바꿔 줍니다. 썩은 것 한두 개 정도는 감안하고 구입하는데도 말이죠. 무거운 과일 상자는 총알 배송으로 집에까지 날아옵니다. 멋진 유니폼과 고급스런 인테리어는 없지만 고객들의 지갑을 여는 데 성공한 사례입니다.

최악의 불경기에 소비자들의 지갑은 입을 다문 악어처럼 닫혀 있습니다. 이런 악조건 속에 판매자 간의 경쟁은 더욱 치열해졌습니다. 불경기와 무한 경쟁의 이중고를 넘어설 경영 원칙. '어떻게 돈을 벌 것인가' 가 아니라 '소비자가 무얼 원하는가' 에 집중하는 거랍니다. 그 말이 그 말 아니냐고요? 에구, 그럼 이 글을 처음부터 다시 읽으셔야겠네요.

09

커서
뭐가 될래?

요즘 최고의 '신붓감'은 누굴까요? 1위는 예쁜 '여교사', 2위는 평범하게 생긴 '여교사', 3위는 못생긴 '여교사'라고 합니다. 웃자고 만들어 낸 얘기지만, 요즘 세태에 비춰 보면 아주 틀린 말도 아닙니다. 여교사는 결혼정보회사의 섭외 일순위이기도 합니다. 언제부턴가 스승의 역할보다, 교사라는 직업의 안정성이 더 각광을 받는 것 같습니다.

한국직업능력개발원에서 우리나라 중·고교 학생들의 희망 직업을 조사했습니다. 그 결과 5,922명의 학생 중, 초등학교 교사를 꼽은 학생이 가장 많았습니다. 2위는 의사, 3위는 공무원, 4위는 중고교 교사라고 하네요. 얼마 전에는 너도 나도 연예인이 되겠다고 해서 걱정이더니 이젠 교사가 되겠다는 학생들로 임용고사의 합격문은 더 좁아질 것 같습니다. 반면에 사업가나 컴퓨터 프로그래머, 디자이너는 20위 밖으로 밀려났습니다.

장기간의 경제 불황이 꿈나무들의 직업관에도 크게 영향을 미치고 있습니다. 어떻게든 안정적인 직업을 가지려는 생각을 일찍부터 하고 있네요. 본인의 생각도 생각이지만 부모님의 권유도 선택의 큰 이유가 됐을 겁니다. 그러나 본인의 꿈과는 상관없이 안정성만을 찾아 직업을 선택하는 건 좀 안됐습니다. 두려움과 실패는 비켜 가겠다는 생각이 큰 걸까요?

얼마 전 우리나라에서 '세계 지식 포럼'이 열렸습니다. 좀처럼 만나기 힘든 세계적인 석학들의 목소리를 가까이서 들을 수 있는 좋은 기회였습니다. 젊은이들에게 전하는 그들의 메시지가 한목소리를 냅니다. "실패를 두려워 말라, 더 많이 실패하라!" "실패보다 더 두려운 것은 두려움 때문에 주저앉는 것"이라고.

수많은 직업군 가운데 한 직업으로 쏠림 현상이 있다고 비난할 바는 아닙니다. 그렇지만 직업 선택의 조건이 자신의 능력과 희망이 아닌, 도전의 두려움을 벗어나려는 것이라면 좀 아쉽습니다. 어렵지만 자신이 좋아하는 일, 잘할 수 있는 일에 도전할 때 일의 능률이 높아지겠지요. 얻어지는 보람도 크고요.

백 세 시대의 인생 경영. '두려움' 은 함께할 녀석이 아닙니다. 그까이꺼, 저만치 몰아내자고요!

10

직장생활,
아기들에게 배워라

"거품 없는 맥주 마시는 것처럼 밍밍하다."
"옷 입고 사우나에 들어앉아 있는 것처럼 뛰쳐나가고 싶다."

결혼생활 얘기가 아니라 직장생활 얘깁니다. 살벌한 실업률 속에 직장인이라는 것만으로도 엔돌핀 분출해 가며 근무해야 하겠지만, 현실은 그렇지 않은 법. 잘해 보고 싶은 마음은 있지만 어느새 '타성'의 밧줄에 묶여 있다면, 아기들에게 배우라고 권하고 싶습니다. 배우려고만 하면 세상 모든 것이 스승이 된다는데, 귀여운 스승에게 몇 가지 배워 보시죠.

첫째, 호기심

아기들은 엄청난 호기심을 갖고 있습니다. 또 호기심을 감추지 않고 끝없이 표출합니다. 종이를 찢어 보고, 화장품을 발라 보고, 지우개를 먹어 보고, 주방의 그릇을 다 꺼내 놓고, 자유롭게 놔두면 '쓰나미급' 호기심을 발휘합니다. 폭풍같이 자라서 말을 할 줄 알게 되면, 거리낌 없이 무엇이든 물어봅니다. 그러면서 많은 것을 터득하는데, 호기심이 창의력의 모태입니다.

둘째, 활동력

제가 경험한 바로, 세상에 게으른 아기는 없습니다. 누워 있을 땐 손과 발을 쉼 없이 움직이고요, 좀 더 자라면 배로 기어 못 가는 데가 없습니다. 무수히 넘어지면서도 걸음마를 배우고, 걸음마를 배우면 거의 항상 뛰다시피 합니다. 어디서 그런 에너지가 나오는지 아기들은 항상 활발하고 적극적입니다.

셋째, 사교력

처음 보는 사이일지라도 아기들은 금세 친해집니다. 반면에 어른들, 특히 남성들은 처음 만나는 사람과 친밀한 관계를 맺는 게 쉽지 않지요. 명함이라는 매개체가 오갈 때는 서로 비교우위를 찾느라 머릿속이 바쁩니다. 아기들은 상대방이 잘생겼는지, 능력이 있는지, 돈이 많은지 따져 보지 않습니다. 그저 친해지는 게 재미고, 목표입니다.

넷째, 웃음

하루에 400번. 2개월 이후의 아기들이 웃는 횟수입니다. 하루에도 몇 번씩 열심히 울기도 하지만 웃는 횟수가 월등히 많습니다. 반면에 우리 성인들은 웃는 게 하루 15~80회라고 하네요. 특히나 남자들이 평균 수치 많이 깎아 놓습니다. 웃음의 긍정적 효과는 귀가 아프도록 들었는데, 입 꼬리는 8시 20분을 가리키고 있다면 거울을 더 자주 보고 웃으세요.

다섯째, 추진력

아기들은 크게 망설임 없이 의사결정이 빠릅니다. 어떤 교회에서 중직들이 모여 낡은 교회를 신축하는 문제로 회의를 하고 기도회를 했습니다. 수차례의 모임에도 결론을 내지 못하고 몇 달이 지났습니다. 엄마에게 그 말을 들은 꼬마가 다음 날 일찍 목사님을 찾아왔습니다. 장난감 손수레에 벽돌 몇 장을 싣고서. 그날로 교회는 건축을 시작했습니다.

소아학자들의 말에 따르면, 이런 아기들도 스트레스가 만만치 않다고 하네요. 그런데도 아이들은 끊임없이 제 할 일을 하고 커 갑니다. 직장생활 스트레스도 만만치 않으시죠. 그래도, 직장생활 힘들다고 너무 징징대지 않깁니다!

11

○○○○,

물어!

어느 유능한 목사님이 '나체촌'의 교회에서 설교 부탁을 받았습니다. 설교할 내용을 준비하고 떠날 때가 됐는데, 설교할 때 뭘 입어야 할지가 고민이었습니다. 양복을 입자니 나체촌이라는 환경이 걸리고, 벌거벗고 설교하자니 체면이 좀 아닌 것 같고. 긴 고민 끝에 그들과 동질감을 주기 위해 나체인 채로 교회에 들어섰는데, 웬걸 모든 사람이 정장을 하고 앉아 있는 겁니다. 출발하기 전 미리 '물어봤더라면' 이런 기가 막힌 상황은 연출되지 않았겠죠.

한 여성이 소개팅을 하고 있었습니다. 카페에서 주문을 하는데, 좀 세련되게 보이고 싶어 처음 보는 '아일리쉬커피'를 주문

해 마십니다. 시간이 지나면서 이 여성은 얼굴에서 불이 나고, 계속 화장실을 들락거리고, 거의 제정신이 아닌 상태로 비틀거리며 일어섭니다. 알코올 알레르기 증상입니다. 그런 후에야 커피에 위스키가 들어 있다는 걸 알게 됐습니다. 주문할 때 어떤 커피인지 '물어봤더라면' 이렇게 스타일 구기지 않았겠죠.

인류 최고의 '발명왕' 에디슨은 '질문왕'이라는 이름으로도 불릴 만합니다. 어린 시절 선생님과 어른들에게 너무나 많은 질문을 해서 사람들이 에디슨을 피해 다녔다는 얘기도 있습니다. 성인이 되어 발명을 할 때도 '어째서 이렇게 되었을까? 왜 실패했을까?' 라고 끊임없이 자신에게 물었다는군요. 에디슨의 놀라운 '발명력(發明力)'은 '질문력(質問力)'의 또 다른 얼굴이라고 해도 과언이 아닙니다.

그러나 많은 사람들은 질문하는 걸 부끄러워합니다. 직장에서도 상사가 하달한 지시사항이나, 회의 중에 드는 의문사항에 대해 질문하지 못하고 그냥 넘어가는 경우가 많습니다. 다른 사람은 다 이해하는 것 같고, 혹시나 질문하면 자신이 무식해 보일 거라는 두려움이 있습니다. 이런 두려움을 내려놓고 잘 모르는 것이 있다면 질문할 수 있어야 합니다. 질문하는 게 부끄러운 것이 아니라, 모르고도 아는 척하는 게 부끄러운 것이라는 말도 있습니다.

≪질문의 7가지 힘≫이라는 책은 질문의 일곱 가지 유익을 말해 줍니다.

1)질문을 하면 답이 나온다

2)생각을 자극한다

3)정보를 얻는다

4)통제가 된다

5)마음을 열게 한다

6)귀를 기울이게 한다

7)스스로 설득이 된다.

다른 사람에게든, 인터넷이든, 자신에게든 질문하는 걸 주저하지 마시기 바랍니다. '질문력(質問力)' 도 '경쟁력(競爭力)' 이 됩니다. 그리고 누가 질문하거든 성심성의껏 답해 주시는 것도 잊지 마시고요.

단, 배우자의 과거는 물어보지 않는 걸로!(^^)

12

'작심' 이 '삼일' 과 **헤어지다**

타고난 것 같지 않은 여배우들의 깊은 가슴골 자랑을 봐 줘야 하는 연말도 지나가고, '서설(瑞雪)' 이라고 믿고픈 흰 눈과 함께 벌써 새해를 며칠 보냈습니다. 연말연시를 어수선하게 보내느라 '작심(作心)' 도 못한 채 소비된 며칠이 조금 아깝네요. 뒤늦게 수첩을 꺼내 유효기간이 얼마가 될지 모를 '작심' 을 적어 넣었습니다. 돌이켜 보니 작년의 작심 목록 중에 삼 일도 못 버틴 것도 있고, 때론 독하게 맘먹고 일 년을 보낸 것도 있네요. 일 년을 버텨 낸 작심은 습관이 되어 작심 목록을 탈퇴하지만, 그렇지 못한 것들은 다시 목록에 올라갑니다.

대학이나 고등학교에 강의를 다니다 보면, 강의 후에 이메일로 연락하겠다는 학생이 백 명 중에 일고여덟쯤 됩니다. 그렇지만 정작 이메일을 열어 보고 한 명이라도 연락이 오면 성공적입니다. 꿈은 휘발성이 강합니다. 심장이 두근거릴 만큼 꿈에 대한 열정이 생겨도 그걸 유지하기는 매우 어렵습니다. 강의 중에 붙들었던 열정이 강의실 밖으로 나가면 50퍼센트가 날아가 버리고요, 집으로 돌아가면 또 20퍼센트, 자고 나면 10퍼센트나 남을까요. 그래서 비전과 꿈을 잡아 둘 방도가 필요합니다.

첫째, 보이는 곳에 적어 놓고 붙여 놓으세요.

21세기의 상황에 원시적으로 보일지 모르지만 꽤 효력이 있습니다. 목표나 꿈을 적거나 인쇄해서 잘 보이는 곳에 붙여 놓고 하루에 몇 번이라도 보시기 바랍니다. 볼 때마다 흩어진 생각들을 모아 줄 겁니다. 우리나라 성인 열 명 중에 일곱은, 아침에 눈뜨자마자 스마트폰으로 눈길을 준다지요. 이젠 내가 만들어 놓은 꿈과 목표를 바라보심이 어떨는지요.

둘째, 꿈이 이루어진 상상을 하세요.

뛰어난 토크쇼로 유명해진 개그맨에게 기자가 무대 장악의 비결을 물었습니다. "저는 원래 수줍음이 많고 말수가 적은 사람입니다. 그러나 무대에 오르기 전, 성공적으로 토크쇼를 진행하는 상상을 이백 번 이상 합니다"라는 대답이 돌아왔습니다. 이백 번의 상상으로 무대를 가지고 노는 뛰어난 실력이 나왔습니다. 그리고 덤으로 이백 번 상상할 때마다 행복해집니다.

셋째, 구체적으로 꿈과 비전을 말하세요.

사람이라면 누구나 자신의 말에 책임을 지려는 의지가 있습니다. 주변의 지인들에게 자신의 꿈과 비전을 말하세요. 일단 입에서 말이 나오면 그 말이 나를 조종하게 됩니다. 입에서 나온 언어가 신념이 된다고 했습니다. 말할 땐 "~해 볼까", "~하고 싶어"라는 희망형보다 "~할 거야", "~하고 말 테야"처럼 확정형으로 하는 게 좋습니다. 그 얘기에 긍정적 반응을 보여 줄 인맥은 쌓아 놓으셨으리라 믿습니다.

끝까지 듣고 보니, 너~무 쉽다고요? 그 말씀은 올 연말에 하시는 게 좋을 듯합니다~.

Part 6

저 멀리 무지개를 찾아

01

커피는 영어로 **아메리카노**

노란 머리에 알록달록 아슬아슬한 미니스커트, 아찔한 높이의 하이힐로 시골 읍내의 시선을 사로잡은 그녀들. 70년대 '정다방', '길다방' 언니들입니다. 시골아낙들은 못마땅한 시선을 감추지 못했지만, 교복과 규율에 묶인 사춘기 소녀들 눈엔 걸어 다니는 패션 잡지였습니다. 맥주로 머리를 감으면 노란 머리가 된다는 낭설을 믿고 용감하게 실천했던 친구도 있었지요. 결국은 이상한 검불 머리로 변해 맥주 값만 날리고, 등짝에 엄마의 매서운 스매싱을 받아 내야 했던 시절이었습니다.

80년대 대학에 입학해 도시로 왔습니다. '아가페' 에서 미팅을 했고 '노아의 방주', '르네상스' 에서 느끼한 DJ에게 음악을 주문하며 커피를 마셨지요. 노란 머리, 하이힐 언니들 대신 깔끔한 아르바이트생들이 서빙을 해 줬습니다. '아메리카노' 도 '라떼' 도 '마끼아또' 도 모르던 시절 커피를 주문하면 프림과 설탕이 함께 따라왔습니다. 1:2:2는 커피, 설탕, 프림의 황금비율로 기억됩니다.

90년대 후반부터 프랜차이즈 커피 전문점들이 생기기 시작했습니다. 다방커피의 황금비율은 촌스러운 습성으로 여겨지고, 쓰디쓴 '아메리카노' 를 전 국민이 단물 마시듯 마시기 시작한 것도 이때부터입니다. '스타벅스' , '엔제리너스' , '카페베네' , '투썸플레이스' , 혀 굳은 노년층은 읽고 발음하기도 힘든 영문 간판들이 거리에 즐비해졌습니다. 서빙하는 '알바생' 대신 광을 내뿜으며 몸을 떠는 '진동바' 도 익숙해집니다. 이쯤부터 커피 한 잔 값이 한 끼 식사비와 맞먹습니다.

올해 우리나라 커피 시장 규모가 4조 원을 넘을 거라는 전망이 나왔습니다. 인스턴트커피보다 '아메리카노' 로 불리는 원두커피의 증가율이 가파르다고 하네요. 커피 전문점 수도 2006년보다 열 배 가까이 증가한 1만 3천여 개라고 합니다. 이 증가세는 앞으로도 계속될 것으로 예측된다고 하니, 바야흐로 커피 전문점의 '춘추전국시대' 라 하겠습니다. 이런 와중에 아직도 '아메리카노' 의 맛을 모르는 나 같은 사람도 있습니다.

이젠 변두리에도 다방은 찾아보기 힘듭니다. 커피보다 설탕이 더 많이 들어간 커피 한잔을 시켜 놓고, 까칠한 마담 눈치에 '쌍화차' 한잔으로 허세 세우던 어르신들은 다 어디로 가셨을까요. 어디선가 입에 맞지 않는 '아메리카노' 보다 믹스커피 한잔으로 커피의 추억을 음미하고 계시겠지요.

삼십년 전, 엄마 손에 이끌려 맞선을 보러 '정다방' 으로 들어가던 언니의 뒷모습이 떠오릅니다. 새로 맞춰 입은 핑크색 투피스가 참 이뻤었는데….

02

우 · 울 · 증을
권해 드립니다

"가을엔 편지를 하겠어요. 누구라도 그대가 되어 받아 주세요. 낙엽이 쌓이는 날, 외로운 여자가 아름다워요."

인터넷과 핸드폰이 적극적으로 보급되기 전, 우체국의 우편물량이 가을에 평균치보다 많았다는 걸 보면, 가을이 모두에게 특히 여성에게 센티멘탈(sentimental)한 계절인 건 틀림없나 봅니다. 노래가사처럼 외로운 여자가 아름다워 보일는지는 몰라도, 사실 우울증의 위험에 가까이 있는 겁니다.

실제로 여성의 우울증이 남성보다 두 배 이상 많다고 하니 걱정입니다. 혹시, 이 가을에 우울증이 염려된다면 아래의 '우 · 울 · 증'으로 이겨 내시라고 권해 드립니다.

우: '우리' 라는 생각을 할 수 있는 상황과 장소에 많이 참여하세요.

하루의 긴 시간을 혼자 있을 때가 많다면, 그 시간을 줄여 보세요. '우리가 남이가?' 라고 할 만한 친구를 만나, 밥을 먹고 대화하는 것도 좋습니다. 또, 서로를 잘 아는 소규모 모임에도 참여하길 권합니다. 문화센터나 종교 단체의 다양한 프로그램에 빠지지 않고 참여하는 것도 유익합니다. 당신을 보고 싶어하고, 기다리는 동료들이 있다는 사실이 힘이 될 겁니다.

울: 울고 싶으면 우세요.

울음치료라고 들어 보셨나요? 눈물을 통한 감정 배출은 상처입은 마음을 치유하는 힘이 있다고 합니다. 울음을 통해 면역력도 증가한다고 하니, 여자든 남자든 참지 말고 눈물이 날 땐 울어야 합니다. "남자들이 흘리지 말아야 할 게 눈물" 이라는 말에, 눈물을 밀어 넣지 마세요. 그러다 병 될지도 모르니까요.

증: 증세가 심하면 병원 진료를 받고, 약을 복용해야 합니다.

우리는 감기에 걸리거나 충치가 생기면 당연히 병원을 찾아갑니다. 반면에 우울증은 다른 사람에게 내색하지 않고 숨기고 싶어하는데, 이게 더 증세를 악화시킵니다. '이 정도쯤이야' 하면서 자신을 의지하기보다, 의사를 의지하는 게 낫습니다. 증세가 더 심해지기 전에 빨리 치료하는 게 최고의 선택입니다.

흔한 감기처럼 누구에게나 올 수 있는 게 우울증이랍니다. 점점 연령층도 넓어지고 있다고 하네요. 가까운 사람이 우울하다는 표시를 하면, "네가 뭐가 부족해서 그러냐?"고 반응하는 건 별 도움이 안 됩니다. 오히려 마음을 헤아려 주는 말을 하고, 상대의 말을 들어 주는 게 훨씬 큰 도움이 됩니다. 센티해지는 가을, 우울증에는 '우 · 울 · 중'을 처방해 드립니다!

03

조개 먹다
진주 나올 확률

약속 시간이 가까워지니 서둘러야겠네요. 이번 달 연금이 입금되지 않아 실랑이하느라, 첫 만남부터 늦게 생겼습니다. 4D 거울로 앞뒤 옆모습을 보니, 이십대 후반의 내 모습이 그런대로 봐 줄 만합니다. 미리 돈 좀 모아 놓았더라면 탱탱한 이십대 초반의 모습도 만들 수 있었을 텐데. 조금은 아쉬운 마음으로 시력을 교정해 주는 안약을 넣고 급하게 약속 장소로 출발합니다.

오늘 약속 장소는 최신 로봇이 요리하는 걸로 유명해진 고급 중식당입니다. 식당에 들어서자 소개팅 상대가 기다리고 있네요. 이십대 중반으로 보이는 걸 보니 꽤나 신경 쓴 게 엿보입니다. 인사를 나누고 코스 요리를 시킵니다. 이번 달은 '피부탄력제'와 '세포재생제', 거기다 새로운 '연골생성제'를 구입하느라 지출이 과해서 정부에서 지원하는 '영양공급 알약'만으로 며칠을 버텨 온지라 음식이 꿀맛입니다. 게다가 소개팅 상대까지 맘에 쏙 듭니다.

음식을 먹고 일어나, 인간 수명이 166살까지 연장된 걸 기념해 건축했다는 166층 빌딩으로 향했습니다. 건물 입구로 들어가려는데 테러의 위험 때문에 경찰들이 신분조사를 한다고 분위기가 어수선합니다. 이런 젠장! 내 나이가 밝혀질까 안절부절 걱정인데, 하늘이 도우셨는지 남자들만 조사를 한답니다. 남자가 손가락을 인식판에 들이대자 모니터에 뜬 기록이, 오~ 마이 갓! 26세랍니다. 부랴부랴 건물을 둘러보고 아프다는 핑계를 대고 집으로 돌아옵니다. 내게도 양심은 있으니까요.

집에 와서 TV를 켜니, 요즘 뜨는 아기 모델 얘기가 한창입니다. 의술이 아무리 발달해도 아기를 만들어 내기는 어려우니, 아기 모델들의 인기가 하늘을 찌릅니다. 실제로 길 가다가 아기들을 만날 확률은 '조개 먹다가 진주 나올 확률' 쯤 됩니다. 정부에서 아무리 아기를 낳으라고 권장해도 낳질 않으니, 아기를 낳은 부모들은 돈방석에 앉게 될 정도입니다. 거리엔 젊은이들만 넘쳐나지 아기와 허리 굽은 노인은 보기 힘든 세상, 좀 무서운 세상이 되었습니다. 이쯤 해서 여러분께만 제 나이를 알려 드릴까요? 지금은 서기 2062년이고, 저는 97살입니다.

잠깐 졸다가 꾼 꿈에 살 좀 붙여 봤습니다. 황당한 얘기지만 이렇게 될 확률도 '조개 먹다가 진주 나올 확률' 쯤 되지 않을까요? 백세까지 너끈히 살고, 성형 기술은 점점 발달하고, 결혼과 출산율은 낮아지니 말입니다. 우리나라 출산율이 2011년 1.23명으로 세계 최하위권에 있다고 하네요. 1990년 1.6명에 비해 감소했고, 계속 감소할 거라 예측합니다. 아기들이 없는 세상, 상상하기도 싫은데….

다들 힘을 모아 출산율 좀 올리면 좋겠습니다!

04

마지막이
진짜 끝내줍니다

이사하는 언니를 도우려고 아침부터 언니네로 향했습니다. 치솟는 전세 값을 못 이겨, 작은 집을 얻어 가느라 '짐 싸기'가 아니라 '버리기'에 더 치중합니다. 요즘 무주택자가 상팔자라고 하던데, 전세 걱정이 만만치 않아 꼭 그런 거 같지는 않습니다. 부동산중개소에 가 잔금을 치르고 이사할 집에 가 보니, 사람 없는 빈집에 쓰레기들이 우리를 맞이합니다.

"아휴~ 쓰레기는 좀 치우고 떠나지, 너무한다!"

빗자루를 손에 든 언니가 투덜거립니다. 욕실도 베란다도 전 거주자의 배려 없는 '마지막' 매너를 드러내 보여 줍니다.

건축회사에 다니던 직원이 퇴직을 앞두고, 사장으로부터 "'마지막'으로 집 하나 잘 지어 주게!"라는 부탁을 받았습니다. 얼마

안 있으면 회사도, 하는 일도 그만두게 된다고 생각한 이 직원은 일을 대충대충 했습니다. 재료도 좋은 것을 쓰지 않고 감독과 시공도 엉성했습니다. 겨우 준공 검사를 넘길 정도로 지어 놓은 집이 완성되자, 사장이 직원을 찾아와 말했습니다.

"이 집은 그동안 수고한 자네를 위한 집이네. 자네의 은퇴를 위한 선물이네"라고.

옛날 어떤 부잣집 주인이 "내일 종들을 다 해방시켜 주겠다"고 하자 종들은 노비 문서를 태우며 기뻐했습니다. 주인은 종들에게 "오늘은 마지막으로 밤새도록 새끼줄을 꼬아라. 될 수 있는 대로 가늘고 길게 꼬아라"라고 말했습니다.

종들은 "마지막 날까지 부려먹는군!"이라고 불평하며 대충 굵게 새끼줄을 꼬았습니다. 그러나 한 사람은 "오늘이 '마지막'이니 정성껏 일하자!" 하며 감사한 마음으로 가늘게 새끼줄을 꼬았습니다.

다음 날 주인이 광문을 열어 놓고 "꼰 새끼줄에 엽전을 꿸 수 있는 만큼 가지고 가라!"고 했습니다. 대충 굵게 꼰 이들은 간신히 몇 개의 엽전만 꿰었지만, 마지막까지 열심히 가늘게 꼰 이는 많은 엽전을 꿰어 가지고 갈 수 있었습니다.

〈로마의 휴일〉을 통해 세계인의 사랑을 받은 오드리 헵번은, 뛰어난 미모를 자랑한 전성기보다 '마지막' 이 아름다운 배우입니다. 그녀는 약물중독과 자살이 흔한 톱스타들과는 다른 삶을 선택합니다.

유니세프 대사로 극빈국을 돌며 기아에 고통당하는 아이들을 돕는 데 자신을 아끼지 않았습니다. 그녀가 아들에게 남긴 유언은 지금도 사람들의 마음을 사로잡습니다.

> 아름다운 입술을 가지고 싶으면 친절한 말을 해라.
> 날씬한 몸을 갖고 싶으면 너의 음식을 배고픈 사람과 나누어라.
> 네가 더 나이가 들면 손이 두 개라는 걸 발견하게 된다.
> 한 손은 너 자신을 돕는 손이고, 다른 한 손은 다른 사람을 돕는 손이다.

우리의 인생과 일상에서 만나는 모든 일과 관계에는 마지막이 있습니다. 우리나라는 유난히 대통령들의 마지막이 아름답지 못했습니다. 덕망 있다고 여겨졌던 분들의 마지막도 실망스러운 모습일 때가 많았던 반면에, 이름 없이 아름다운 마지막 모습을 보여 주신 분들도 있습니다.

많은 심리학자들이 첫인상의 중요성을 얘기합니다. 그렇지만 진짜 '결정타'는 마지막 모습이 아닐까요?

마지막이 아름다운 사람이 진실로 아름답습니다!

05

금맥을 **찾아서**

1850년 9월, 캘리포니아가 미국의 정식 주(州)가 되었습니다. 단기간에 인구 유입이 폭발적으로 증가해 주로 승격된 아주 드문 예였습니다. 그 이면에는 1848년경부터 시작된 골드러시(Gold Rush)가 큰 역할을 담당했다고 하네요. 캘리포니아에서 발견된 금을 채취하기 위해 각처에서 수많은 사람들이 몰려들어 인구 수를 증가시켰습니다. 미국뿐만 아니라 유럽, 중남미, 하와이, 중국 등에서도 일확천금을 꿈꾸며 금을 채취하러 찾아왔다는데, 오는 도중에 죽는 사람도 부지기수였다고 하네요.

금맥을 찾아 상상할 수 없는 부(富)를 누린 사람도 있지만, 대부분의 사람들은 좁은 천막 생활을 하며 어려운 삶을 이어 갔습니다. 기본적인 생활도 보장받지 못한 가운데 고생길로 접어들게 되었습니다. 그렇게 고향을 떠나 불편하고 어려운 생활도 일확천금의 꿈 때문에 버틸 수 있었겠죠. 간혹 발견되는 금맥은 더 많은 사람을 유혹하고 끌어 모으기에 충분했으니까요.

금맥을 찾으려는 노력은 지금도 이어지고 있습니다. 인터넷을 살펴보니 사금을 채취하는 동호회도 있고, 채취 방법도 상세하게 나와 있었습니다. 어딘가에 있을지 모르지만, 금맥만 발견한다면 인생역전이라는 로또가 '형님!' 할 수도 있겠습니다. 그렇지만 금맥은 쉽게 우리에게 자신을 노출하지 않습니다. 십중팔구 '헛수고' 라는 결과를 얻기 쉽습니다.

금맥을 찾아보겠다고 주변을 정리하고 멀리로 떠날 필요 없이 주변에 금맥을 만드는 방법이 있습니다. 누군가 그러더군요. 인맥(人脈)이 금맥(金脈)이라고. 나아가 인맥이 능력이라고 합니다. 인맥은 우리에게 헛수고라는 결과를 주지 않습니다. 쌓이고 쌓이다 보면 금맥이 될 가능성이 충분히 있습니다. 바야흐로 21세기는 '골드 러시' 가 아니라 '휴먼 러시' 의 시대입니다.

여러분, 인맥이 금맥입니다. 지금부터 관리 들어가시지요?

06

이성(理性),
앞으로!

모두가 잠든 새벽 세시에, 어떤 교수의 집에 전화벨이 울렸습니다. 전화기를 들자 "이웃집의 스미스인데, 당신네 개가 짖어 대서 잠을 못 자겠다"는 거친 목소리가 들렸습니다.

교수는 정중하게 알겠다고 말하고 전화를 끊었습니다.

다음 날, 스미스의 집에 전화가 걸려 왔습니다.

"저는 옆 집 사는 교수인데, 우리 집에는 개가 없습니다."

당신이라면 어떻게 하시겠습니까? 새벽 단잠을 깨운 스미스에게 한방 먹여 주고 싶으시겠죠. '똑바로 알고 전화하라' 고 쏘아 주고 싶을 겁니다. 감정대로 하면 십중팔구 그렇게 될 겁니다. 그만큼 우리는 감정의 지배에 순종할 때가 많습니다.

유치원에서 돌아온 아이의 얼굴에 할퀸 자국이 있어 너무나 화가 난 엄마가 있었습니다.

다음 날 아침, 할퀸 아이를 혼내 주려 아이와 함께 유치원으로 향합니다. 유치원에 들어서서 선생님께 자초지종을 말하고 할퀸 아이를 찾았습니다. 무서운 얼굴을 하고 그 아이에게 가까이 다가갔습니다. 그런데 맙소사! 그 아이 얼굴은 더 많이 할퀴어져 있었습니다.

영국인은 감정을 다스리고 어떤 경우라도 차분하게 행동하도록 교육받는답니다. 절망적인 상황에서도 냉정을 지키는 것을 최고의 가치로 칩니다. 영국인들이 아끼는 시 구절 하나.

"네 곁에 있는 뭇사람이 이성을 잃고 너를 탓할 때/ 너만은 이성을 지킬 수 있다면/ 인생에서 승리할 때나 패배할 때나/ 이 두 가지를 똑같이 받아들일 수 있다면…(후략)"

(조선일보 2013년 2월 28일자)

우리의 뇌에는 이성과 합리적 사고를 주관하는 부신피질과 감정을 담당하는 변연계가 있다고 합니다. 그런데 변연계의 양이 부신피질보다 많아서 이성보다는 감정에 더 많이 반응한다고 하네요. 인간은 감정의 동물이지만 분명히 이성도 가지고 있습니다. 감정이 지나치게 부정적으로 일어날 때 이성으로 감정을 다스릴 줄 알아야 합니다.

봄소식이 오기 전에, 층간소음 때문에 이웃 간에 비극적인 일이 일어났다는 우울한 소식들이 있었습니다. 국가적인 대책을 세우지 않으면 안 된다고 문제가 확대됐지만 이미 지어진 아파트들을 다 뜯어 고치기는 어렵겠죠. '법령을 만든다', '관리사무소에서 조정한다'는 등의 말이 들립니다만, 얼마나 효력이 있을지 누구도 장담하지 못합니다. 당분간은 갈등 속에서 살아야 할 텐데, 감정보다 이성을 앞에 두면 양쪽 다 가슴 칠 일은 일어나지 않을 겁니다.

감정이 당신을 휘두르려 할 때, 크게 외치세요. 이성(理性), 앞으로!

07

등급(?)을 **올려라**

식욕은 있는데 먹을 음식이 없어 못 먹는 사람과, 음식은 있는데 식욕이 없어 못 먹는 사람 중에 누가 더 괴로울까요? 두 말할 필요 없이, 둘 다 괴롭습니다. 식욕도 있고 먹을 음식도 있어서 섭생에 지장이 없다면 감사해야 합니다. 때로는 사소한 것에 목숨 걸지만, 사소한 것에 감사하지 못하는 생각의 틀을 갖고 있는 게 우리들입니다. 딱히 반대말이 없다는 '감사', 감사에도 등급이 있습니다. 한우는 아니지만.

~해야 감사

아주 큰 행운이나 좋은 일이 생겨야만 나오는 감사입니다. 자녀가 입시에 합격하거나, 직장에서 승진을 하거나, 거액의 유산을 받게 되었거나 했을 때 하는 감사를 예로 들 수 있습니다. 감사의 정도는 크지만, 수명은 짧습니다. 많은 사람이 부러워할 일이 생겼을 때만 하는 감사, 모든 사람들이 할 줄 아는 감사로, 높은 등급의 감사는 아닙니다.

~해서 감사

일상의 작은 일에 감사하는 것을 말합니다. 아침에 해가 뜨는 것, 지금 건강한 것, 음식을 먹을 수 있는 것, 출근할 직장이 있는 것, 아이가 학교에 잘 다니는 것 등등. 그냥 당연한 듯 살지만, 그것을 잃었을 땐 그 소중함이 얼마나 큰지 알게 됩니다. 조금만 민감하게 생각해 보면 감사할 일은 아주 많습니다. 항상 감사를 찾는 사람만이 할 수 있는, 꽤 높은 등급의 감사입니다.

~해도 감사

한 소년이 놀다가 친구가 던진 돌에 눈을 맞고, 실명이라는 진단을 받았습니다. 소년의 엄마가 너무 슬퍼하고 낙담하자 소년이 말했습니다.

“엄마, 눈은 잃었지만 머리는 남아 있어서 감사해요!”

시각장애자로서 영국의 경제학자요. 캠브리지 대학 교수와 국무위원을 지낸 헨리 포세트의 이야기입니다. 고통에도 불구하고 감사를 찾는, 최고 등급의 감사입니다.

‘감사’ 하는 생활이 삶의 만족도를 높여 준다는데, 정작 감사가 그리 쉽지는 않습니다. 제 경우도 식구들이 잘하는지 두 눈 부릅뜨고 ‘감시’ 는 해도, ‘감사’ 는 못 했던 것 같습니다. 감사도 훈련처럼, 습관처럼 해야 합니다.

오늘부터는 두 눈 크게 뜨고 ‘감사’ 할 거리를 찾아야겠습니다. 여러분도 매일 매일의 운동으로 근육을 만들 듯, 작은 일에 감사하며 감사의 근육을 늘리시기 바랍니다!

08

기준 있습니까?

'추운 겨울에도 손수건으로 이마의 땀을 닦는다.'

'이전보다 태도가 공손해진다.'

'불리한 질문에는 한껏 불쌍한 표정을 짓는다.'

'괜히 나왔다가 십중팔구 본전도 못 찾고 퇴장한다.' 쉽게 볼 수 있는 우리나라 고위 공직 후보자들의 무덤, '인사 청문회' 의 모습입니다.

지금까지 쌓아 온 존경의 시선들은 거두어지고, 비난의 화살이 그 자리를 대신합니다. 털어서 먼지 안 나는 사람 없다지만, 먼지가 아니라 돌멩이들이 떨어지니 문젭니다. 어쩌면 당사자는

'잘못에 대한 반성' 보다 '나만 그러냐?' 고 억울한 생각이 더 클지도 모르겠습니다. 우리나라의 공직자 청렴도가 낮은 순위인 건 이미 알려진 사실이니까요. 저도, 털면 먼지 꽤나 나올 텐데, 윗분들(?)이 불러 주지 않아 다행입니다(^^).

평범한 우리와는 달리 공인(公人)들은 사소한 것으로도 이미지에 손상을 가져옵니다. 착용한 옷이나 집의 규모와 꾸밈, 자녀의 양육 환경 등등. 아주 세밀한 잣대가 기다리고 있습니다. 그래서 공인의 처신은 어렵습니다. 반대로 존경의 대상이 되는 기회도 크게 누립니다.

좋아하는 격언이 있습니다. "검소하지만 남루하지 않게, 화려하지만 사치스럽지 않게"라는 격언입니다. 친구가 카톡으로 보낸 준 내용이 마음에 쏙 들어서, 돈을 사용하거나 저를 꾸미는데 기준으로 삼고 있습니다. 덕분에 고질병인 충동구매도 줄고, 어느 선을 넘지 말아야겠다는 절제도 쉽습니다. 기준이 있으니 고민도 덜하게 됩니다.

기준이 없으면 흔들립니다. 저 높은 데 있는 분들도 확실한 기준이 없거나, 지키지 않아서 흔들리는 거 아닐까요? 그 자리가 높기에 평범한 우리보다 더 많이 휘청거립니다. 안 좋은 결말로 '수치' 를 얻기도 합니다. 공직자라면 '눈 먼 돈은 바라보지도 않겠다' 라는 기준, '권력은 낮추고 의무와 책임은 높이겠다' 라는 기준, 이런 거 지킬 줄 알아야 합니다.

높은 데로 가실 분들은 미리 준비하시죠. 더 이상 땀 닦는 모습 보고 싶지 않습니다.

09

편한 사이가 **하찮은 사이?**

주말부부가 된 뒤로, 아침 드라마 보는 재미에 산다는 친구의 말에 혹해서 아주 오랜만에 TV 앞에 앉았습니다. 요즘 드라마는 앞에 '막장' 이라는 수식어가 붙어야 시청률도 올라가고 광고 주가도 올라간다지요. 그에 걸맞게 아침 드라마도 출생의 비밀이나 불륜 등 여러 문제들이 얽히고설킨 구성으로 되어 있더군요. 한 가지 좋은 점은 이미 방송 분량이 꽤 지나갔는데도 줄거리 파악이 쉽게 된다는 거. 드라마가 다 어디서 본 듯한 그렇고 그런 내용이라서요.

젊은 여자 연예인이 병실에 입원해 있는 장면으로 시작된 드라마를 보며 웃음이 나왔습니다. 눈도 못 뜰 만큼 중병인 환자가 아이라인이며, 마스카라까지 풀 메이크업을 하고 누워 있더군요. 감추고 싶은 잡티라도 있었나 봅니다. 조금이라도 예쁘게 나오고 싶은 그 마음은 알겠지만 좀 환자다운 모습이 나을 것 같았습니다. 끊임없이 개발되는 고화질 TV가 여배우들을 괴롭히는 '공공의 적' 이 아닐까 생각해 봅니다.

솔직히, 있는 모습 그대로 세상에 노출되는 걸 꺼리는 게 어디 여배우들뿐이겠습니까. 우리도 많은 치장을 하며 살고 있습니다. 외모만이 아니라, 없어도 있는 척, 몰라도 아는 척, 아파도 안 아픈 척 포장하며 속을 보이지 않습니다. 척하며 살아도 사는 데 크게 지장이 없으니 그대로 익숙해집니다. 척을 잘하면 사람들에게 더 각광받기도 합니다.

그런데 그렇게만 사는 건 좀 피곤합니다. 많은 사람을 만나지만, 속 시원히 통하는 사이는 못 됩니다. 그래서 속까지 통하는 사이가 그립습니다. 두꺼운 화장을 지우고 난 뒤 맨얼굴의 개운함처럼, 포장하지 않은 나를 보여 줄 수 있는 그런 사이, 포장하지 않은 나를 좋아해 줄 그런 사이가 말입니다.

그런 사이는 대개 가족이거나 친구인 경우가 많습니다. 혹시 가족이나 친구와도 그런 사이가 되지 않는다면, 좀 돌아보셔야겠습니다. 어디서 막혀 있는지, 점검할 필요성이 있습니다. 우리에게 있는 모습 그대로 정말 편안한 소통을 할 수 있는 사이가 일상의 행복감을 주고 힘든 걸 나누어 줄여 주는 역할을 해 냅니다. 그렇다고 편한 걸 하찮은 걸로 아시면 큰 착각입니다.

가끔은 저도 그런 착각 속에 빠지긴 합니다만….

10

'전화' 가 **'진화' 할 때**

부모님이 '얼리 어답터' 기질이 있으셨는지, 우리 집은 크게 넉넉한 살림이 아니었음에도 시골 동네에서는 드물게 일찍 가전제품들을 들여놓았습니다. 네 다리를 곧게 뻗은 잘생긴 '흑백TV' 를 들여오던 날부터, 저녁 시간 우리 집 마루는 동네 아이들과 아줌마들 차지가 됐습니다. 저는 몰려드는 아이들 중에 친한 친구를 좋은 자리에 앉혀 주며, TV 가진 유세도 좀 떨었습니다. 엄마도 사람들이 돌아가고 난 마루를 청소하시면서 귀찮다는 말씀은 하셨지만, 동네에 몇 안 되는 TV 자랑이 싫지는 않은 눈치셨습니다. 그러나 TV 보급이 얼마나 급속도로 진행됐는지, 저의 유세와 엄마의 자랑은 그리 오래가지 못했습니다.

일찍 들여놓은 냉장고 덕에, 여름철 끼니마다 깊은 우물에서 김치통을 끌어올려야 했던 수고도 놓게 됐습니다. 얼음공장으로 얼음을 사러 가지 않아도 아무 때나 시원한 수박화채를 먹을 수도 있게 됐고요. 처음엔 얼음을 얻으러 오거나, 김치를 냉장고에 보관해 주기를 부탁하는 이웃도 있었습니다. 그것도 잠시, 빠른 경제 발전의 속도만큼 이웃들도 다투어 냉장고를 들여놓기 시작했습니다.

'전화' 는 TV나 냉장고의 재미와 유용함과는 달리, 굳이 일찍 들여놓지 않아도 될 텐데 엄마는 전화조차도 남보다 앞서가셨습니다. 쌀 한 톨조차 아끼시던 분이 어떻게 그런 배짱을 가지셨는지 모르겠습니다. 검은 고양이가 웅크리고 잠든 것 같은 전화기가 설치되었지만, 서울 친척들 빼고는 딱히 전화할 곳이 없었습니다. 우리 집이 장사하는 집도 아니었고, 전화가 있는 집이 별로 없었을 때니까요. 가끔 먼 데서 걸려오는 이웃집 전화 심부름이 귀찮아질 무렵, 전화도 점점 가정의 필수품이 되어 갔습니다.

지금은 전화 없이 살 수 없는 세상이 되었습니다. 예전엔 상상도 할 수 없었던 걸어 다니는 '멀티 전화기(스마트폰)' 도 너나

할 것 없이 갖고 다닙니다. 단지 통화만 하는 게 아니라 얼굴도 보고, 컴퓨터 역할도 하고, 사진도 보내 주고, 심심하지 않게 친구도 되어 줍니다. 수십 명의 친구들과 동시에 얘기도 주고받고, 행복한 순간들을 찍어 올려놓은 걸 보며 함께 행복해하기도 합니다. 이젠 전화가 주는 유익함이, TV나 냉장고에 뒤지지 않습니다.

그러나 전화가 우리를 피곤하게도 하고 아프게도 합니다. 수 없이 걸려오는 판촉 전화와 메시지, 무례하게 울려 대는 벨소리와 통화 소리, 보이스피싱의 덫. 사람과 눈 맞추며 이야기하기보다 기계에 눈 맞추며 잠시도 손에서 놓지 못하는 중독성. 안타깝게도 지난해엔 욕설로 도배된 카톡의 내용 때문에 자살하는, 가슴 아픈 일이 생기기도 했습니다. 세상에 유익을 끼치길 바라며 만들어졌을 발명품이 나쁜 영향을 만들어 내는 게 아쉽습니다. 바라기는, 우리가 얻는 전화의 편리함보다 고약함이 더 커지지 않았으면 좋겠습니다.

걸음마 떼고 말 배우면서부터 일생을 함께하는 '전화', 괜찮은 문화와 예절로 자리 잡도록 '진화(進化)' 하는 거 보고 싶습니다.

11

빨,
빨, 빨

저는 화장을 좀 진하게 하는 편입니다. 워낙 민얼굴이 밋밋해서 말이죠. 열심히 화장하는 저를 보고 남편은 '변신 중' 이라고 하고, 딸은 변신이 아니라 '시술 중' 이라고 합니다. 한술 더 떠서 '우리 엄마 미모는 화장빨' 이라고 속을 긁어 놓습니다. 화장빨도 아무나 받는 게 아니라고 맞받아칩니다.

강사 생활을 하고 보니 화장빨보다 말빨(표기법으로는 '말발' 이 맞습니다만)이 더 중요합니다. 청중의 관심을 모으고, 정확하고 유머러스하게 의미 있는 내용 전달을 해야 하니까요. 잠시라도 머뭇거리거나 틈을 내 주면 강의장은 금방 썰렁해집니다. 우리의 일상에서도, 특히 모임이나 직장에서 인정받는 데 말빨은

요긴합니다. 그저 말빨로만 한몫 잡으려는 정치계 사람들도 있긴 합니다만.

칼럼을 쓰기 시작하면서부터는 글빨을 간절히 원하고 있습니다. 잘 쓰고 싶은 마음은 간절한데 화장빨이나, 말빨처럼 단시간에 실력이 느는 게 아닙니다. 많은 책을 읽어야 하고, 신문의 작은 부분도 놓치지 않고 민감하게 봐야 합니다. TV 프로에서도 라디오 속에서도 사냥감을 찾는 독수리처럼 쓸거리를 찾습니다. 왜 사서 고생이냐고요?

십분이면 지워지는 화장과 몇 시간 끌리는 말과는 달리, 글은 오래오래 많은 사람에게 남습니다. 글로 표현할 수 있는 세계도 무궁무진합니다. 더구나 나만의 책을 만든다는 건 생각만 해도 행복하잖아요. 아직 많이 노력해야 하지만 글 쓰는 재미가 큽니다. 친구들에게 글쓰기가 탈모의 원인이라고 눈물 어린 하소연을 하면서도 글감을 찾는 이유입니다.

부끄럽지만, 글쓰기 수상 경력이라고는 중학교 때 교내 백일장에서 우수상 한 번이 전부입니다. 그런 제가 글을 쓰는 걸 보면, 글쓰기도 한번 도전할 만한 일이지요. 시, 수필, 소설, 칼럼, 뭐든지 도전해 보세요. 그래서 책으로 남긴다는 거 얼마나 근사한 일입니까? 혹시 아나요, 그 책이 베스트셀러가 되어 어마어마한 인세가 그대에게 올지도….

오늘부터 '글빨' 한번 세워 보실래요?

12

가끔은 **빨갛게**

2009년, 연면적 29만 3905제곱미터(8만 8905평)로 기네스북에 오른 세계 최대 백화점이 부산에 세워졌습니다. 그 규모와 어마어마한 편의시설에 부산 지역이 떠들썩했지요. 개점하는 날 예상보다 두 배가 많은 고객이 방문했다고 하는데, 빨간색 내의를 사려는 손님들로 장사진을 이뤘다는 보도가 기억에 남습니다. 개점 당일 빨간색 물건을 사면 행운이 온다는 속설이 있어 빨간색 물건 쟁탈전까지 벌어졌다고 합니다. 어렵게 빨간색 물건을 구입하신 분들의 살림살이는 좀 나아지셨는지 궁금하네요.

중국인들의 빨간색 사랑은 특별히 유별납니다. 빨간색이 복과 번영을 가져온다고 믿기 때문에 빨간색이 없는 중국은 상상할 수도 없습니다. 설날에 주는 세뱃돈도 붉은 봉투에 넣어 주기 때문에 '홍빠오(紅包)' 라고 부른다는군요. 명절이나 기념일에는 온 나라가 붉은색으로 도배를 한다고 해도 과언이 아니라고 합니다. 저희 집 앞 중국집도 빨간색 등을 걸어 놓고 빨간색 젓가락을 쓰더군요.

엄청난 행운은 아니어도, 빨간색이 작은 행운은 가져오나 봅니다. 프랑스 남브레타뉴 대 심리학과 연구진은 "고객의 지갑을 열려면 붉은색을 택하라" 고 조언을 합니다. 레스토랑의 여성 종업원에게 다섯 가지 색상의 옷을 입혀 근무하게 하고 손님들의 반응을 분석했습니다. 결과는 빨간색 옷을 입었을 때, 가장 많은 팁을 받았습니다. 다른 연구에서는, 여성들이 붉은색 옷을 입은 남성에게 매력을 느끼는 것으로 나왔습니다.

매장의 고객회전율을 높이는 데도 빨간색이 유용하다고 합니다. 배경이 빨간색일 경우 실제보다 시간이 많이 흐른 것으로 착각하게 된다는군요.

또한 미국 버지니아 대의 연구진은 "인터넷 경매 사이트에서 상품을 소개할 때 붉은색을 배경으로 하면 고객들이 더 높은 값을 부른다"고 밝혔습니다. 붉은색 배경이 적극적이고 공격적인 성향을 높인다고 설명합니다. 그렇지만 뭐든지 적당해야 하는 법, 눈 가는 곳마다 붉은색이라면 좀 피곤하겠지요.

성탄절이 가까워지면서 곳곳에 빨간색이 많이 눈에 띕니다. 자선냄비의 색도 예쁜 빨간색이고요. 색이 인체에 미치는 영향을 이야기하는 '컬러 테라피'에서는 빨간색을 로맨스, 사랑, 따뜻함, 열정으로 표현합니다.

짧은 시간에 아드레날린을 분비시켜, 혈액의 흐름이 빨라지고 인체에 활력과 생기를 준다고 하네요. 매서운 혹한과 싸워야 하는 이 겨울, 빨간색으로 따뜻함과 열정을 더하면 어떨까요? 잦은 연말 모임 술자리에서 루돌프처럼 코가 빨개지는 거는 말고요. 올해도 메리 크리스마스!

속도감과 기능을 부러워하는 시대에 살고 있습니다. 잠시 멈춰 설 여유도 없이, 감성(感性)이 아닌 감각(感覺)만 부추깁니다. 그렇지만, 눈에 보이는 것과는 달리 인생은 감성의 스토리로 연결되고 기억됩니다. 사냥감을 좇는 사냥꾼의 속도보다, 아름다운 주변을 둘러보는 속도로 사는 건 어떨지요. 그 길에서 새삼 소중하고 귀한 것들을 만날 수 있을 겁니다. 울타리 밖의 가족이 내 안에 들어오고, 사소한 생각들도 인생의 소중한 조각으로 가치가 있어집니다.

평범해 보이는 일상도, 행복의 눈으로 들여다보면 특별합니다. 커야 하고, 높아야 하고, 길어야만 좋은 것은 아닙니다.

지나온 날들은 '최선' 이었고, 지금은 '최고' 이며, 다가올 날들이 '최적' 이어야 한다고 조바심 내기보다 작은 행복의 조각들로 퍼즐 맞추기를 해 봅니다.

언제부턴가, 우리 주변에 공감과 소통이라는 주제가 흔해졌습니다. 역으로 생각하면 공감과 소통의 실제적 결핍이 만들어 낸 현상이기도 합니다. 공감하면 감동합니다. 그동안 한경닷컴에 기고한 공감과 소통에 관한 칼럼을 책으로 엮으면서, 저의 작은 생각들이 여러분에게 행복한 퍼즐 맞추기의 시작이 되기를 소망합니다. 가슴 뛰게 할 이야기보다는 가슴 따뜻해질 이야기로 기억되고 싶습니다.

책으로 출간하기까지 지지해 주신 많은 분들께 깊은 감사의 말씀을 드립니다.

감성충전 행복테라피
아버지 사랑은 택배로 옵니다

초판 1쇄 인쇄 2014년 12월 20일
1쇄 발행 2014년 12월 24일

지은이 김윤숙
발행인 이용길
발행처 MOABOOKS 모아북스

관리 정윤
디자인 이룸
책임편집 김정연

출판등록번호 제 10-1857호
등록일자 1999. 11. 15
등록된 곳 경기도 고양시 일산동구 호수로(백석동) 358-25 동문타워 2차 519호
대표 전화 0505-627-9784
팩스 031-902-5236
홈페이지 www.moabooks.com
이메일 moabooks@hanmail.net
ISBN 979-11-86165-71-3 03810

이 도서의 국립중앙도서관 출판예정도서목록(CIP)은 서지정보유통지원시스템 홈페이지 (http://seoji.nl.go.kr)와 국가자료공동목록시스템(http://www.nl.go.kr/kolisnet)에서 이용하실 수 있습니다.
(CIP제어번호: CIP2014036913)

김윤숙의 공감소통 행복테라피
공개강좌 프로그램

누구나 듣기 쉽고 행복해지는 시원한 강의를 합니다.

긴말보다 행동으로 보여 줍니다.

「강의 주제」

* 여성이 만들어 가는 행복이야기
* 언제나 처음처럼 사랑하는 부부로
* 웃음이 넘치는 행복한 가족으로
* 뿌리는 사랑, 나누는 행복, 감사와 열정
* 긍정소통, 배려, 사랑, 관심의 긍정관계 소통법

「교육 개요」

1.대상 : ▶ 초 · 중 · 고 자녀를 둔 학부모
▶ 주부대학 학생
▶ 신입사원, 영업관리직, 사내강사

2.방법 : 강의식, 참여식, 개인컨설팅식 등

「강사」

김윤숙 공감소통연구원

전화 : 010-5436-1190

메일 : yskim6605@hanmail.net